# 克兰河之歌

刘应尧 著

北方文艺出版社
哈尔滨

**图书在版编目（CIP）数据**

克兰河之歌 / 刘应尧著. -- 哈尔滨：北方文艺出版社，2025.5. -- ISBN 978-7-5317-6628-5

Ⅰ．I267

中国国家版本馆CIP数据核字第2025EW4544号

## 克兰河之歌
KELANHE ZHI GE

| | |
|---|---|
| 作　　者 / 刘应尧 | 版式设计 / 罗佳丽 |
| 责任编辑 / 滕　蕾 | 封面设计 / 杨雪玲 |

出版发行 / 北方文艺出版社　　　　邮　编 / 150008
发行电话 / (0451) 86825533　　　经　销 / 新华书店
地　　址 / 哈尔滨市南岗区宣庆小区1号楼　　网　址 / www.bfwy.com
印　　刷 / 廊坊市伍福印刷有限公司　　开　本 / 880mm×1230mm　1/32
字　　数 / 100千　　　　　　　　　印　张 / 8.75
版　　次 / 2025年5月第1版　　　　印　次 / 2025年5月第1次印刷
书　　号 / ISBN 978-7-5317-6628-5　定　价 / 69.00元

# 山在那里，梦就在那里（代序）

杨会娟

刘应尧老师打来电话时，我正在闺蜜的顶楼吹着晚风。他约我为《克兰河之歌》作序，让我惶恐。作为一位无名老卒，我却迟迟过不了楚河汉界。盛情难却，且有一种沁入内心的感动。毕竟被人赏识是一件让人愉悦开心的事，所以迎接挑战，撸起袖子加油干了。

拜读《克兰河之歌》，感觉作者对戈壁故土

的描写，情感之充沛、体味之细腻、心灵之震撼深深地打动了我。当一个人生活简单，经历单薄，就只有在生活中慢慢打磨，热情有过，却少了几分激情，只能感受些许诗意——体悟晨风雨露，晨光熹微，万物复苏，生命成长，感恩泽被，感受敏感却被逐渐钝化；而当一个人有了激情燃烧的岁月，青春如歌般回荡，那些挥洒着汗水，周遭是奋斗盈满、昂扬裹挟、歌舞灵动，激扬文字亦油然而生，思想得以提炼升华，一方水土、一寸山河，养育着，磨砺着，澎湃着亦滋养着作者，是记忆中的一抹亮色，是唇边的一点苦涩，是用心感受的生活之痕，是笔下生花的原始起源。这就是刘老师的特别经历成就了特别的他。

作者笔下塞外江南克木齐的军垦战士，冒着零下37摄氏度的严寒、凌厉的寒流，战胜冬季帐篷的寒冷，口粮紧缺吃不饱的困难，凭着顽强精神和毅力，苦干、巧干，彻底解决了垦区用水困难，让克兰河潺潺雪水流进克木齐人的心田。这一辈人把几辈人的苦都吃了，新城平地起，茫茫戈壁如海市蜃楼般沙漠变绿洲，旧貌换新颜。

《克兰河之歌》文章是重中之重，作者用详尽全面的叙述，向读者展示了当年波澜壮阔的战斗场景、热火朝天的垦荒劳动场面，以及兵团官兵敢教日月换新天的魄力行动。

克兰河畔巴里巴盖北干渠引水工程。土质坚硬、气候恶劣，官兵们开展劳动竞赛，用镐刨戈壁石，用衣服垫在抬把子上抬土，克服病累的困难，战胜苦寒，披星光，迎风雪，将克兰河雪水引入巴里巴盖戈壁荒滩。

骑七师官兵发扬南泥湾精神，打响巴里巴盖垦荒第一仗，总指挥一声令下，双轮双铧犁犁翻泥土，犁出新篇章。战士们和耕马一起拉犁，拉出新天地，驱走寒意，忘了疲惫，拓荒岁月就是这样埋头深耕，却又昂首阔步，换来粮满仓阿山安。（阿山，指阿勒泰。）

描述当时垦荒者高唱的歌曲"一驾洋犁两匹马，沉睡土地开了花，干部战士一条心呀，巴里巴盖来安家……"，生动形象，感人至深，传唱至今。

骑十九团部队官兵，以五位战士英勇牺牲的代价，将阿山吾斯曼残匪全部歼灭，取得了垦荒生产和剿匪安民双丰收。骑十九团改为二十八团，改名不改本色，开展积肥、开办农技推广等措施，获得了连年农业大丰收，并上缴公粮。从此，亘古荒漠变绿洲，北疆阿勒泰和平稳定，各族百姓安居乐业。

"阿山第一团"官兵敢啃硬骨头、敢打硬仗的精神，如一座丰碑，一座屹立不倒的山峰，矗立在那段激情难忘的岁月里；那段往事如克兰河一般流淌，静静地流淌在经历过、受益过的各族人民心里……

山在那里，梦永不泯灭，亦在那里。

情怀所向，行之所往。淬火戈壁的青春就这样磨砺着、坚韧着，曾经的苦难成就了今天的辉煌，非凡的体验造就了丰富的人生，那里的山山水水、一草一木也都看到了。

那段垦荒戍边的兵团精神——坚毅果敢、迎难而上、不破楼兰终不还的气魄，留下了深深的烙印，而他终是醉了，醉在与战友并肩共浴沙河于天地，醉在与战友共枕夕阳两千年，在这种梦里最长久、最沉醉、最纯粹，迟迟不愿醒来。

大漠孤烟直，长河落日圆，青山依旧，终是挥手作别，自此一别，万里关山月，终萦梦里见，而那个遥远的阿勒泰、那条克兰河碧波清流，定格为永恒。

"老马号"里的连队记忆，那些鲜活的人物，马姨如她家的天竺葵，随手扦插土就可活得热腾腾、鲜绿绿的；我家每到风雪暮色的黄昏，窗棂飘出笛声，那是一丝温情和浪漫，缭绕耳畔；总有引经据典的老父亲，在一缕莫合烟雾中，讲述着春秋战国和家乡趣事，那是历史跫音和现代气息完美结合的诗意，让人沉浸其中，不能自已。

尤其形容"岁月像一把利刃，把高大魁梧的马叔雕刻成了一张弯弓"，而他的五个孩子，难道不是他用一生之力射出的五支利箭吗？这种精准、哲理性、深刻的描述让人叹服，同时也是对马叔一生的诠释和解读。

无论是戈壁红柳、露天电影、我的百草园、沙枣树的种种情形，以及那些耕耘于杏坛的良师，他们衰老了，离开了，却把高风亮节、碧波清流的风格，以及高山仰止、润物无声的境界，一同留在了那片土地，挂在了那弯凄清的圆月上。

凡人有不平凡事，马郁民的屠宰技术，不亚于庖丁解牛；马叔背麦草创下"吉尼斯世界纪录"；草原上的一名汉子，从被称为"丫头"到成为专业牧马人的蜕变,他们是父辈那座大山,是这般深沉厚重,却又多技傍身,总在背后凝望、注视、鞭策着你,这爱如潮水,推你向前。

亲情亦是动人。陪女儿学二胡,共度亲子时光,共享音乐洗礼,感受美之熏陶。即便她渐行渐远,陪伴她一生的是那绵绵不断的父爱和悠扬的琴声;与二舅的鸿雁传书,是拨开迷雾的光,是点开至暗的亮,"书信是思乡时的一壶老酒,书信是烦闷时的一把蒲扇",是车马慢的日子里那点慰藉,是抹不掉的时光印记;姑妈牵挂着弟弟,对亲人的祈盼,对亲情的依恋,即便是乐观,思乡念人也忍不住泪水涟涟。

父亲为儿子远行求遍身边人,知儿受伤后的忧心如焚,他总觉得只要自己在,即便是年迈,仍是儿子的屋檐,是儿子的灯塔,是儿子的引路人。饱经风霜的母亲,一生颠沛流离,失去爱子的痛彻心扉,却顽强生活,给家人一片安宁祥和之地。"世界以痛吻我,我却报之以歌"。

作者从天山戈壁走来,走向大墙岁月,开启失足心灵,拯救愚顽迷途知返,笔耕不辍,用文字把经历编成一串串枝蔓,如清风拂过山岗,似铁锤夯实梦想,亦如接地气儿般家常。

远山如黛,总有梦想在呼唤,那里的风土人情,点滴汇成河。作者执笔成文,写下了属于歌者灵魂深处的厚重文字;而这是简单生活,微风掠过、细雨飘过,平淡生活,我所缺乏的,时常被晨雾般笼罩的前路迷茫写下自己的感受和经历,只是为了留住美好,感受诗意吗?

阅读《克兰河之歌》,我愈加明白:无法选择经历苦难,亦要记录本色,讴歌生活。

当我懒散、疏远了曾经耕耘的文学自留地,看到刘老师却克服眼疾,照顾耄耋母亲,忘我地写,万事可放下,提笔时往事回放,字符跳跃,收不住、忘不掉,是记录,是镌刻,是下笔千钧,是成篇经典,是沉浸式的写作。

只要心不干涸,戈壁也会盛开花朵。那一刻我就会惭愧,赶紧去自己的园子播种灌溉,细心打理,不问收获。相信作者文章字里行间所表达的:新疆生产建设兵团的奋斗精神、那段创业的光辉岁月、维稳戍边的奉献精神,更值得传承、铭记、践行、奋进!

因为山在那里,梦就在那里。

# 目录

- 001　塞外江南克木齐
- 007　我的阿勒泰
- 013　淬火戈壁的青春
- 020　克兰河之歌
- 032　父亲的连队
- 045　雪都情丝
- 049　"老马号"里的乡愁记忆
- 072　戈壁红柳
- 079　露天电影
- 085　心中的百草园

- 092　沙枣树
- 095　克兰河那亭亭白杨
- 101　瀚海胡杨
- 108　恩师田吉有
- 115　我的启蒙老师
- 121　卢沛阿姨
- 129　戈壁青春
- 137　难忘那拥有自行车的日子
- 143　瓜地青春
- 149　连队的能工巧匠
- 156　怀念马叔
- 162　牧马人刘国君
- 166　女儿的琴声
- 172　难忘书信岁月的日子

177　怀念姑妈

183　父爱如山

189　父亲，您在那边还好吗？

195　我的戈壁母亲

201　大墙岁月橄榄情

207　"亚心"逸事

216　风雪毡房情

222　喀纳斯秋迹

228　芳草园寻梦

233　河西走廊纪行

238　流金岁月

246　女儿陪我境外游

259　后　记

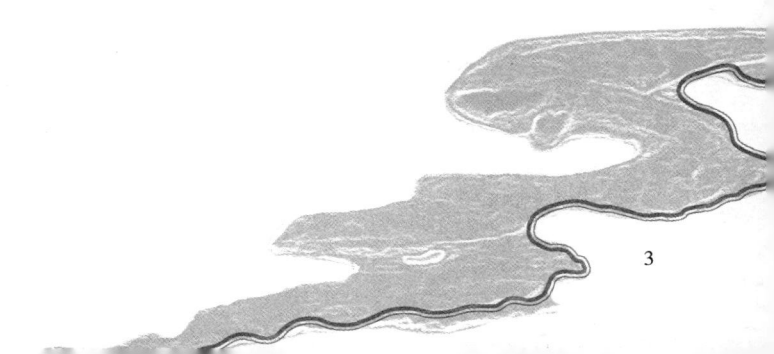

## 塞外江南克木齐

假如克兰河是一条长长的藤蔓,克木齐就是这条生命之河藤蔓上结出的"宝葫芦"。

——题记

从小生长在克木齐,未知江南,亦不了解"江南"。却在小学音乐课学《塞外江南克木齐》歌曲,才识"江南",朦胧感知江南之美。那是沈秋兰老师创作的歌曲,曲调优雅动听。多少年后,首句"塞外江南克木齐"和尾句"我们的家乡更美丽"一直萦绕于脑海……

之后再识"江南",是兵团司令员陶峙岳为克木齐垦区题诗《塞外江南克木齐》。

塞外江南克木齐,
屯边垦栽两相宜;
地平如镜墒情适,
林带成荫引路迷;
戈壁翻身为沃土,
阿山遍野走羊羝;
共看白岭千秋雪,
也作春潮灌入畦。

陶峙岳用"塞外江南克木齐"勉励一营军垦战士,要用勤劳双手改变克木齐的面貌。从此,"塞外江南"成为克木齐垦区奋斗的目标。

巴里巴盖(二营)、苛苛苏(三营)和克木

齐相比，克木齐得天独厚，地理位置十分优越。

当年一八一团流传着一句顺口溜"一营一枝花，二营大风沙，三营蚊子一把抓"。20世纪70年代，一八一团巴里巴盖团卫生队和粮繁场的所有菜地四周都用芦苇扎了挡风墙，保暖挡风，利于蔬菜生长。在没房屋没林带阻挡的地段行走，若遇大风刮来，风沙弥漫，眼睛无法睁开，甚至飞沙会打在脸上。尤其春冬季节，七八级大风刮来，遮天蔽日，能见度极低，车辆停下，行人躲避，否则会迷路迷失方向。

苛苛苏（三营）的蚊子和小咬儿，我曾领教过。1971年春天，我所在班在苛苛苏戈壁执行浇筑混凝土水泥管任务，住宿次日天不亮我去克兰河提水，想烧锅热水为战友起床洗漱所用。哪知水桶刚浸入河水，"呼"地飞起一群蚊子和小咬儿，黑压压地向我扑来，我赶紧起身后退几步，差点跌倒在河边。霎时眼睛不敢睁开，我的脸和脖子被叮咬得火辣辣地疼。

1976年我在岢苛苏三营实习，见连队玉米地里锄草的妇女个个头戴蚊纱帽，头部和脖子裹得严严实实。晚上乘凉聊天或上厕所时，必须在旁边燃一堆烟火熏蚊子和小咬儿，否则会被蚊子和小咬儿叮咬。

克木齐，蒙古语意为斜坡之地，它是阿尔泰山麓低丘陵的一个小型盆地。四围有高山屏障，昼夜温差大，夏季蚊蝇少，土壤和气候条件适宜种植各类瓜果蔬菜。冬季亦没有太大的风，唯有雪花静静地飘落，轻声细语地述说着童话世界的故事。

20世纪70年代，克木齐的苹果就享誉阿勒泰地区。每当克木齐上百亩苹果成熟，果香四溢，弥漫在克木齐绿洲上。四面八方的大车、小车奔向果园，争相购买装运。尤其晚熟品种"国光"最驰名，水分大，耐储存。若存放于菜窖，可储藏到来年苹果成熟时。

可谁知那一块块果园、那一棵棵苹果树，让果农付出了多少辛劳和汗水。入冬前气温逐渐下降，果农赶着马车、牛车或驾驶农机车到苇湖割芦苇和湖草，再一车车运到果园。然后要给果树穿上越冬"棉袄"——果农两三人一组，互相协作，先把果枝树梢聚拢压下，用芦苇和湖草盖上，然后再压上厚土，直到把果树枝条全部埋严实，等来年开春再将它们的"棉袄"逐个脱掉。

经过几十载屯垦戍边、艰苦创业，克木齐垦区植树造林成绩斐然。条田林带网格化，农田种植机械化，居住环境庭院化，机耕道和公路规范化。

2000年后，克木齐连队面貌大变样，职工居住环境明显改善，瓜果蔬菜满庭院。克木齐入选住建部"美丽宜居村庄"名单。阿勒泰市的一些经商的老板也陆续在克木齐租房，享受幽静闲适的田园生活。

几度重返克木齐，从阿勒泰往返克木齐途中，特意绕道机场和阿苇滩制高点"观景台"，俯瞰克木齐绿浪滚滚的画卷，心潮起伏，不能自已……

克木齐静卧于阿山脚下，星罗棋布、网格化的翠绿，点缀着田野的绚烂；一排排整齐划一的连队新居，掩映在绿色海洋中，宛若点点白帆即将远航；阿克大渠的雪水依偎着那条贯通东西的绿荫长廊，一条笔直的公路伸向阿勒泰市……

"谁道雄边佳景少，黄沙尽处即江南"。

## 我的阿勒泰

离开阿勒泰的 37 个春秋转瞬即逝,然而阿勒泰却依然清晰地定格在脑海:那一望无际的草原上洁白的羊群,那金色麦浪翻滚的丰收景象,那悠扬的哈萨克族民歌《玛依拉》,那流淌在阿勒泰人心中的克兰河,总让我魂牵梦萦……

去过阿勒泰的人都知道,"阿勒泰"在蒙古语中是"金山"的意思。因而,阿勒泰自古至今吸引着许多淘金者,并演绎出无数奇妙而惊险的淘金传说和故事。曾经有这样一个说法——"阿尔泰山七十二条沟,沟沟有黄金"。的确,在阿尔泰山大大小小的河流与山沟中都有十分丰富的矿藏。阿勒泰的黄金主要是沙金、麸皮金和颗粒金,含金量在95%以上,并以成色好而著名。据文献记载,阿勒泰所采的最大金块为二十九两多。20世纪80年代,内地淘金者蜂拥而至,一时打破了阿尔泰千年的寂静,使整个"金山"顿时沸腾起来。

阿勒泰是新疆主要的产粮区和重要的畜牧业肉食基地。由于土地肥沃,降雪量充沛,还有阿尔泰山的雪水不断流入克兰河。因此,阿勒泰粮食年年大丰收。每当夏收季节,源源不断的运粮车队从四面八方会聚到阿勒泰的产粮区兵团第十师团场,将成千上万吨的粮食运送到各地。阿勒泰不愧是新疆的"北大仓"。阿勒泰畜牧业的发展得益于其草地肥美和得天独厚的辽阔草原。改革开放以来,党的富民政策激发了哈萨克族牧民勤劳致富的巨大潜能，也给阿勒泰畜牧业发展插上了腾飞的翅膀。

1996年深秋，我第一次重返阿勒泰市，一下车就被它的变化所吸引：美丽的山城簇拥于金黄与赤红的秋色中，犹如含羞待嫁的哈萨克族姑娘，而那覆盖山城的一场初雪，恰似新娘头上洁白的披纱，使她更加妩媚婀娜。

环顾全城，一条崭新的环城马路四通八达，各种小轿车和"面的"穿梭在宽敞洁净的大街上。大型商厦和豪华宾馆在低矮的楼群中拔地而起，高高矗立。英俊潇洒的哈萨克族小伙子和漂亮的姑娘迎面而来，他们脸上洋溢着笑容，充满了自信；而那屹立于街心广场的"姑娘追"雕塑，更为这座城市增添了浓郁的民族风情。

建于20世纪50年代横跨克兰河的"东方红"大桥，气势宏伟而壮观。桥身由上上下下无数根结实的方木和铆钉连接而成，整个桥身呈黑色。

少年时曾和伙伴无数次乘马车从桥上经过。望着无数根方木交织的桥顶和桥下湍急的河水，曾令我无数次震撼。

某个深秋的清晨，我曾看见一位戴着花帽的白胡子老人悠闲地骑着毛驴经过此桥。多少年后，每当回想起阿勒泰，"东方红"大桥就浮现在眼前，小毛驴的蹄声仿佛又在耳畔响起……

遗憾的是，当我重返故地时，"东方红"大桥已不复存在，替代它的是一座钢架结构的新式虹桥，尽管新桥颇具现代气息，可在我心中，它和"东方红"大桥那宏伟壮观的气势相比却逊色许多。驻足桥旁许久，一种难言的感慨在胸中涌动，久久不能平静。

克兰河是阿勒泰的母亲河。克兰河从阿尔泰山的雪峰下流出，她带着雪山彻骨的寒气，捎带着沿途草原和白桦林的芳香，静静地流进阿勒泰市各族人民的梦乡。当你去阿勒泰旅游，居住在市中心河畔的宾馆，夜深人静时，你会听见克兰河时缓时急、时高时低的涛声，宛若一首悦耳的冬不拉曲，让你心醉，伴你入梦乡……

阿勒泰是一块美丽富饶的土地，不仅养育着世世代代在这块土地上繁衍生息的哈萨克族人，也养育着20世纪五六十年代响应祖国召唤、满腔热血来自祖国各地的兵团建设者。他们是一群充满青春活力，敢于将任何困难踩在脚下的拓荒者。他们发扬南泥湾精神，一手拿枪，一手拿镐，安营扎寨在阿尔泰山脚下、克兰河河畔。他们开挖冻土，凿山放炮，几经严寒酷暑，终于将克兰河、额尔齐斯河水引进荒原戈壁，开垦出一片片绿洲，修建起一座座花园般的戈壁绿洲新城……

是的，由于他们的出现和存在，这块神奇的土地才焕发出亘古未有的生机。随着岁月更迭，它将更具厚重感和魅力。他们在20世纪60年代屯垦戍边的岁月里，不仅创造了一个奇迹，而且也创造了一种精神和风范。

六十年弹指一挥间。创业者的历史功绩和辉煌业绩将永载共和国史册。曾为阿勒泰地区建设做出贡献的上海、天津、江苏等地的同志多已回到内地，有的还生活在那块土地上。许多老同志虽身在内地，但内心深处的情感世界，却永远留在了那片深情的热土上。

在和许多回到内地的阿勒泰老乡交谈中得知，他们依旧怀念着那里的山山水水和一草一木，怀念着用青春和汗水换来的"塞外江南"，怀念着如今仍在那片热土上生活或已长眠在那里的战友……

## 淬火戈壁的青春

20世纪70年代的第一个春天,是我人生启航的春天。

"五一"刚过不久,我们1970年毕业的十几个小伙和八九个姑娘,在营部集合,坐一辆拖拉机,颠簸60公里的戈壁和山路,于黄昏到达分配工作的集合点。名单宣布完毕,悬着的心终于落地,我被分配到团部警卫连,成为兵团值班连的一名战士。

入伍新兵每人配发一套草绿色军装,并配发

一支半自动步枪。军训开始。"一二一"的口令声、步伐声,在训练场上此起彼伏。战友借来相机,约我在午休时溜出营房,在白杨树旁拍下胸挎冲锋枪、威武英姿的青春。

训练未满一周,连队命令我班前往苟苟苏执行浇筑混凝土水管的生产任务。兴奋与激动,搅得我一夜无眠:想象与春天接触的美好,想象着苟苟苏芦苇飘扬的春意盎然,想象着克兰河畔戈壁的雄浑壮美……

清晨,全班穿戴整齐,肩背行李和背包,在班长贺明才带领下,经过团部面粉厂、工一连公路,拐上牧场二队通往苟苟苏的戈壁便道。

初春的戈壁,空气清新湿润。裸露于便道上的鹅卵石,闪耀着光泽,辉映着春阳。春风扑面,掠过丝丝寒意。

行军步伐铿锵有力,蜥蜴惊恐探头,鸟儿掠过头顶。

远眺克兰河，宛若绿丝绸飘带，时隐时现。河畔杨柳像水墨画般浅浅的绿，严冬后的芨芨草吐出新绿，绿意盎然。

中午12时，目的地苟苟苏新城突现于眼前。驻足于新城造纸厂旧址的戈壁高台，远眺克兰河湿地，碧波浩渺，波光粼粼。

克兰河载着阿尔泰山的雪水，一路兼程奔流，穿过阿勒泰市、塘巴湖、大畜场、克木齐、巴里巴盖，最终抵达老龙口。

克兰河湿地是芦苇、菖蒲主宰的世界。水草与芦苇簇拥着一湾碧水。鱼儿在欢跳，野鸭在戏水，河坝上有儿童奔跑叉鱼的身影……

在湿地与戈壁连接的陡坡上，有一孔被遗弃的窑洞是我们的宿营地。没有玻璃的窗框，找些牛皮纸钉上；再找来芦苇铺于靠墙的地上，就是简易床铺。

克兰河湿地的夜风，夹着芦苇的清香和鱼腥

味，漫过屋顶，穿过戈壁，宛若潮水不绝于耳，伴我入梦乡。不时传来野鸭的鸣叫，克兰河的夜愈加寂寥、沉静……

凛冽的河风，带着阿山冰雪的体温，挣扎着钻进屋内，用冰凉的手，一遍遍抚摸着憨态稚嫩、睡姿各异的青春脸庞……

戈壁荒漠，像搭建的舞台，正等待我们上演一场淬火于戈壁的剧目。

浇筑混凝土水泥管，是一项技术及质量要求高、劳动强度大的体力活；而且每道环节都须环环相扣，不容许有丝毫马虎。施工时没有搅拌设备，全靠人力在铁板上搅拌混凝土砂浆。

当一轮红日冉冉升起，十字镐、铁锹、砂石的撞击声，奏响开工的交响乐章。

全班按体力和年龄分为三个小组。三个小组在施工场地附近，各自选择挖砂石的地段。而后抡起十字镐、铁锹，挖的挖，装车的装车，以快速的劳动进度，全力备足所用混凝土砂石料。

中午时分，戈壁烈日像炼钢大熔炉，将所有戈壁生物烘烤得销声匿迹；而我们正顶着烈日烘烤，干得热火朝天。汗水湿衣顾不上擦，索性把背心脱掉，光着膀子，只穿一条单裤，或者只穿着短裤。

手掌磨出血泡，用手绢一裹接着干，脊背和胳膊晒起的水泡，经汗水浸渍得火辣辣生疼。从额头和脸颊渗出的汗水，顺着脖子流下，汇于胸前，拿起毛巾擦擦接着干。我的胳膊和背部皮肤晒起的水泡，层层叠叠开裂着，遍布胸前、脊背和胳膊。手掌的老茧不知磨破多少回，新茧被铁锹把或钢钎磨得血肉模糊，疼得钻心。

那天工地的茶水，不知送了多少桶，总也供不应求。嗓子在冒烟，浑身有流不完的汗。

贺班长的身影，像影片切换的镜头，一会儿推车转运石料，一会儿刨挖砂石。他还不停地喊着，让我们轮流替换着休息。但为了赶进度，谁也不肯休息。

当所有准备工作就绪，我们浑身像散了架一样，疲惫得东倒西歪，或半卧或躺着，全身竟没一点儿力气……

次日，按施工程序各就各位。四名小伙按要求将水泥、沙子、鹅卵石倒在铁板上。再用铁锹把水泥、沙子、鹅卵石均匀搅拌，其中一人手持喷壶，往搅拌的砂石上喷水，四把铁锹快速将砂石料搅拌成混凝土。

将搅拌好的混凝土，一桶桶倒入模板圆桶夹层中。围站于模板圆桶外的6个人，各持两米长的六棱钢钎，一起上下振动圆桶夹层的混凝土，让混凝土、鹅卵石、水泥融合并黏结于模板上。一桶接一桶的混凝土快速倒入，再用钢钎上下振动，直到将混凝土装满圆桶模板。一个混凝土水管就完工了。

连续一周下来，手持钢钎振动砂浆的胳膊、手腕疼痛得钻心，甚至连一碗饭也端不住，但还要咬牙坚持到施工结束。

望着戈壁滩上排列的几百根混凝土水管，我们黝黑的青春脸庞，像戈壁红柳一样绽放着灿烂。30 天的戈壁洗礼，锤炼了我们的筋骨，磨炼出钢铁般的坚韧意志。

淬火戈壁的青春，是我挥之不去的记忆……

## 克兰河之歌

> 克兰河铭记着一支光荣的部队,于新疆解放之初,将红旗插上阿尔泰山,屯垦戍边七十载,像一颗耀眼的红星,闪烁在祖国的雄鸡尾上。
>
> ——题记

1951年8月,北疆大漠戈壁骄阳似火。人民解放军二十二兵团骑七师十九团先遣部队,穿越准噶尔盆地东缘,经过七天七夜行军抵达承化(阿勒泰)。部队稍作休整后,徒步行军120里到达巴里巴盖。这支先遣部队要赶在大部队到来之前，做好北干渠引水工程的前期准备工作。

1952年3月，骑十九团全体官兵和师直属单位千余人，在骑七师政委于春山率领下，从奇台出发向阿山挺进。

寒风凛冽，积雪尚未融化的阿勒泰地区，白雪皑皑，道路难行。

经过长途跋涉，骑十九团部队穿越浩瀚大沙漠、戈壁无人区，渡过冰封的额尔齐斯河，顺利到达巴里巴盖，与先遣部队会师于克兰河畔。官兵们顾不上休息，铲积雪、扎帐篷，用最快速度将一顶顶白布帐篷分布、排列于巴里巴盖的茫茫雪原。从此，这支部队驻扎克兰河畔，肩负起屯垦戍边的神圣使命。

巴里巴盖位于阿尔泰山南麓、克兰河中下游地带，属干旱大陆性气候，夏季干旱炎热，冬季严寒。巴里巴盖可垦荒的大部分土地是戈壁棕钙土和风化土，有机质含量低，保水性差，透水性强，茫茫戈壁上的野生植物只有蓬蒿、红柳、梭梭柴等耐旱植物。要开发这块亘古荒原，开展大规模农业生产，首要大事就是要把阿尔泰山的雪水引进巴里巴盖垦区。

北干渠引水工程地段地质构造十分复杂：有的地段是戈壁石加黏土，十字镐下去只抠出核桃大的窟窿；有的地段土质坚硬如混凝土，战士说它是软硬不吃的"牛皮糖"。连续几天下来，战士们的手腕肿了，就用布条缠在腕子上接着干。

深秋的阿勒泰，风雪交加，寒气袭人。工地喇叭不断播报各单位挖渠进度，组与组、班与班、排与排、连与连劳动竞赛如火如荼。为争分夺秒赶超进度，到收工开饭时间大伙都不停工，直到连领导甚至营长、团长下命令，战士们才放下手中工具。

大渠越挖越深，挖到底部再往上甩土相当困难，于是用抬把子抬，可遇上沙土抬到渠顶，沙土却漏得所剩无几，战士们索性脱下衣服铺在抬把子上。从早到晚，一个抬把子两个人至少要抬12立方米沙土，重量足有20多吨。女兵和男战士一样，三个人抬两个抬把子（中间的人肩上抬着前面的抬把，手中抬着后面的抬把）。休息时姑娘们累得躺倒在地动都不想动，想到自己从没干过这样苦的活，有人便伤心地哭起来，于是哭声一片。可哨声一响，她们擦干眼泪，咬着牙又拼命干起来，唯恐落在男战士后面。许多战士生病也不肯休息，担心影响班组劳动进度。每天挖渠劳动时间达14小时，许多战士晚饭后借着月光或星光连续不停地干，劳动强度已达极限。由于物资匮乏，战士们只能吃馒头、喝盐水，别说油和肉，就连蔬菜也没有。挖渠劳动极端艰苦，生活条件极差，但战士们情绪饱满，深情地唱着自编歌曲:"一条大渠四十里长,好像一条小长江,两岸杨柳长成行,滚滚渠水日夜淌……"

寒冬来临,气温下降至零下20多摄氏度,白雪覆盖大地,冻土层有几十厘米厚。战士们捡来柴草,用燃起的火堆烘烤冻土层后再接着挖。在抢时间赶进度修北干渠龙口时,战士们不顾刺骨的寒冷破冰下水,双腿被冰划破也顾不上包扎,咬紧牙坚持不停工,力争在上大冻前完工。骑十九团官兵在短短几个月里,克服重重困难,将阿尔泰山湍急的克兰河雪水,引入即将开垦的戈壁处女地。

骑七师生产指挥部驻扎在巴里巴盖垦区东庄子,指挥部在帐篷前召开春播动员大会,于政委号召全体官兵发扬南泥湾精神,打响巴里巴盖垦荒第一仗。没几日,骑七师韩副师长带领师直人员来到垦区,将220匹军马、71台双轮双铧犁和 7500 千克种子运到巴里巴盖垦区。

初春时节，冰雪消融，大地裸露，克兰河的春天来临。

4 月初的一天，巴里巴盖垦区人马犁杖全部集中在师指挥部帐篷前。师宣传科长赵子星、郭固两位总指挥站在开荒队伍前，郭副总指挥站在高高的麻袋堆上，挥舞双手，洪亮地说："同志们，我们在这里开荒造田，建设家园，干的是前人栽树后人乘凉的伟大事业……"这具有历史意义的动员讲话，让全体官兵情绪高昂，热血沸腾。动员大会结束，一声令下，20 多台双轮双铧犁、50 多匹耕马像决堤之水般奔涌向前。刹那间，鞭哨声、吆喝声、马嘶声、叮叮当当的犁铧声，汇聚成一首雄壮的拓荒曲，回荡在克兰河畔……

犁铧翻出的泥土，蒸腾着热气，散发着泥土的芳香。20 多台双轮双铧犁，一天十几个小时不停地犁，有时马乏了，战士就替马拉犁。为了让耕马保持强壮的体力，晏开泰自己掏钱买马料喂马；副连长聂教成看到拉犁的马累倒在犁沟，就上前卸下马套扛在自己肩上和另一匹马并肩拉犁。没有播种机，两名战士胸前挂个布兜，装上30多斤种子，一路小跑一路播种，实在疲惫得不行就地眯一会儿，饿了啃几口干粮。戈壁滩的天气说变就变，大风大雪是家常便饭，刮起来眼睛睁不开，可垦荒战士们却分秒必争。有时要把几百亩耕地犁完才收工。天黑看不见地界就燃起篝火照明。为了抓住季节抢墒播种，战士们几乎昼夜不停地干。在开荒春播关键时刻，部队一度粮食供不上，口粮标准下降，虽然肚子吃不饱，但开荒的脚步始终没有停下来。

正当春播最忙时节，骑十九团接到上级命令，抽调300多名官兵组成4个骑兵连开赴大南沟，围剿谢尔曼残匪。这让原本紧张的劳力更为紧缺，但留下来的干部战士，高唱创作的歌曲：

"一驾洋犁两匹马,沉睡土地开了花,干部战士一条心呀,巴里巴盖来安家……"

官兵们以艰苦奋斗的精神,克服种种难以想象的困难,取得戈壁垦荒首战告捷的惊人业绩。开垦荒地800多公顷,开挖两条引水灌溉大渠、16条干渠、16座大小水闸,产粮45万公斤,生产蔬菜500多吨。

多么难忘的拓荒岁月!多么令人敬佩的垦荒英雄儿女!

1953年6月,骑十九团正式更名为中国人民解放军新疆军区农业建设第十师第二十八团。自此,巴里巴盖垦区进入国营农场的建设时期。

当年二十八团耕地大多是戈壁荒滩,土壤有机质含量少,质地粗糙,透水性强。团党委制定了解决方案和相关措施:一是大搞群众性积肥运动;二是开展农业技术教育;三是适时早播,合理密植；四是重视科学种田；五是开展丰产试验和竞赛。由于各营连把措施落到实处，全团粮油生产当年达到了粮油自给自足。

1954年国庆节，阿勒泰县街道干净整洁，国旗、彩旗迎风飘扬，一派喜气洋洋的景象。阿勒泰专区、阿勒泰县党政领导和阿勒泰军分区，以及各族市民千余人，在阿勒泰街道，夹道欢迎邬佳才团长率领的全团汽车、马车运粮队伍，把125万公斤小麦运送到阿勒泰专区粮食局，作为上缴国家的公粮。

当浩浩荡荡的运粮车队驶入街区，锣鼓喧天，鞭炮齐鸣，汽车声、马车夫的吆喝声，让整个山城沸腾起来，各族市民载歌载舞，欢迎二十八团在国庆节为阿勒泰送来一份沉甸甸的厚礼。

1956年金秋时节，巴里巴盖垦区迎来又一个丰收年，克兰河两岸到处人欢马叫，全团指战员沉浸在丰收的喜悦之中。此时此刻，团长邬佳才这位老红军战士被眼前的情景所激动，他情不自禁地用拿惯枪的大手写下《克兰河畔》组诗：

### 军民大合作

克兰河呀笑呵呵，
玉米地里姑娘多。
纱帐升起丰收歌，
歌未落已掰三个。
克兰河呀克兰河，
军民抢收大合作。
掰的掰，运的运，
鞭响马叫人快活。

克兰河之歌

## 自从来了新主人

克兰河畔一片肥沃土地,
金银宝库是无边的戈壁;
自从来了新主人,
戈壁呀,换上新衣更壮丽。

## 克兰河畔好风光

克兰河畔好风光,
庄稼一年强一年;
麦田——金色的海洋,
玉米——无边的纱帐;
克兰河水哗哗响,
哈萨克族人民喜洋洋;
牛羊吃得肥又壮,
奶子、奶牛,还有果粮。

多么朴实无华、情感真挚、有感而发的诗章，它是激情燃烧岁月的真实写照，它是作者内心的自豪，它是对巴里巴盖垦区美好未来的憧憬与向往。

一八一团军垦父辈七十载如一日，在阿山脚下克兰河流域的克木齐、巴里巴盖、苟苟苏戈壁荒漠，将青春、热血、汗水和子孙后代，奉献于这块亘古荒原，让昔日戈壁荒原变成了戈壁绿洲——塞外江南。（一八一团，原名二十八团）

克兰河记载着这支部队拓荒于阿山的英雄史诗⋯⋯

克兰河不会忘记这支垦荒部队的光荣历史！

## 父亲的连队

　　1986年秋，我和父母阔别连队，乘坐汽车、火车从"口外"辗转到"口里"。绿皮火车"咣当"一路，回放着60年前西行天山的那一幕、兵团连队的生活画面……如梦如幻，像云海翻卷于脑海……

　　我初到连队是1962年深秋。我和母亲坐一辆农十师办事处的卡车，穿越戈壁沙漠，摆渡额河，历时四五天的颠簸，一路烟尘抵达克木齐老营部。当时父亲正在偏远的阿苇滩入仓，郭振声叔叔听后立刻来接我们，他背着我，母亲背着行李跟在后面。

我们步行到连队时，天已黑。暮色中，连队房屋散落于条田四周，有一个麦场小屋是我们的落脚点。

没过多久，我们搬到了新连队。次日清晨，我和母亲在连队修建后废弃锯木料坑，将坑中刨花、碎木、锯末一趟趟背回家摊于门口，欣喜新家过冬烧火墙取暖有了新柴。

新连队焕然一新，在连队南北公路以西，两大排新房屋背靠公路一字排开；在南北长约2000米的两端，南北对望各有一排新房屋，西南角是医务所，门前有单杠、双杠器材和篮球场。环视大院，房屋皆雪白墙壁，门窗油漆一新。

大院中央，一幢南北狭长的俱乐部高大宏伟，南北两端各延伸出两间房屋，像蜻蜓的四个翅膀，又像一架落地的飞机，颇有些壮观。

俱乐部北边与食堂一墙之隔，俱乐部面积足有两百平方米。走进俱乐部大门，北边是主席台，逢年过节那里是舞台，平时开大会那里是指导员、连长读文件讲话的地方。俱乐部四周，亦是我和小伙伴摔跤、捉迷藏、滚铁环、打雪仗的乐园。

在俱乐部之北，离公用水井不远，有一间住着百余人的集体宿舍，靠墙四周是铺着麦草的大通铺，中间是供走动的空地。20世纪60年代的冬季十分寒冷，室外温度均在零下30摄氏度左右。尽管宿舍有两个大火墙，而且火炉烧得很旺，可宿舍温度还是很低，保温性很差。宿舍的四面墙壁和屋顶结满了一层厚厚的霜。然而就在那样的宿舍环境中，来自五湖四海的年轻人在下象棋、看书、拉琴……自娱自乐地生活着。

新连队充满朝气和生机。那个艰苦年代，连队各家都很困难，家中除一张床外再无任何家具。日子虽清苦，可精神乐观开朗。每到大年初一，我早早起床换上干净衣服，去给叔叔阿姨拜年。各家准备了不多的年糖，一进门拜年问好，叔叔阿姨就将几块年糖塞进我的口袋。兴高采烈拜完年，装年糖的口袋便鼓起来，那甜蜜可爱的模样，难以形容……零星、稀疏的鞭炮声，偶尔响于寂静的年夜。三五个小伙伴闻声跑去，用小手去摸索没炸响的哑炮，若摸着一两个，会兴奋地蹦跳起来……

那时各家虽没啥家具和摆设，可各家会在白墙显眼处贴一两幅年画，或是两个少先队员放和平鸽的年画，抑或幼童抱鲤鱼的年画。那两幅喜庆的年画，寄寓了对美好生活的憧憬和向往……

每逢连队开大会，连队俱乐部总是飘出激昂

的歌声。《雄伟的井冈山》《团结就是力量》《三大纪律八项注意》是开大会必唱的歌。那时连队文教（文化教员）不可小觑，他们是师部经过几个月专门培训，具有一定文化水平，活跃连队文化生活的专业人员——排练节目、出黑板报、在田间地头开展劳动竞赛等活动。

开大会前，赵光辉文教站在俱乐部中央，张开双臂，领唱第一句歌词，然后挥动胳膊指挥。那个姿势和模样，仿佛他是燃烧的火把，试图把眼前的柴火点燃。赵光辉文教的燃情鼓动、澎湃激情感染着会场气氛。每逢开大会，俱乐部那嘹亮的歌声回荡在连队上空，激荡着我的心扉。

元旦来临，连队在大院入口，用碧绿的松柏扎起一道彩门，贴上迎新年的对联。在皑皑白雪辉映下，彩门壮观气派，使连队充满勃勃生机。童年时，我感觉连队是那么美好，它像一支迎着朝阳奋进的队伍。

每逢"八一"、国庆节、春节,连队要抽一些会吹拉弹唱的职工排练节目。届时晚会上,丰富多彩的文艺节目将呈现在观众面前——快板书、二胡演奏、小合唱,还有父亲表演的相声,引得观众喝彩声、掌声不断。连队营造的文化氛围克服了物质需求的匮乏。

20世纪70年代的第三个春秋,我成为父亲所在连队的一名青年,一年后成为一名小学教师。在工作之余,我经常为连队重要节日办壁报。其他老师在大白纸上用毛笔抄写文章,我则用广告颜料画报头和插图。因为喜欢绘画且有些基础,所以每逢节日我乐此不疲,甚至顾不上吃饭,为节日壁报加班;亦经常为团广播站撰稿,为连队出黑板报。

父亲的连队是五湖四海、南腔北调的大家庭。每逢元旦清晨,指导员带领连领导,一大早顶风冒寒，踩着积雪挨家挨户拜年，把上级的新年节日慰问亲自送上门。一份严冬的慰问，犹如炉火中添了一把干柴，温暖在官兵心头……

记得 1963 年、1964 年春节来临，连队要求以排为单位举办小型团拜会，旨在凝心聚力奋战新一年。连队的食堂会忙一整天，凉拌几大盆大白菜、胡萝卜、青萝卜等凉拌菜，炖一锅豆腐，炒一锅猪肉等荤菜，装桶送到各排团拜宴会上。连队副业组自酿的高粱酒，一个排一水桶。团拜宴开始，排长向每个人敬酒祝贺新年，然后三个班长依次向大家敬酒，接着互相敬酒。

高潮迭起时，连领导来祝贺新年。那时用搪瓷缸子当酒杯，一碰一缸子或半缸子。连长端起满满一缸子酒，祝贺全排团结一心，再创佳绩，然后共同举起缸子一饮而尽。接连三个排的敬酒下来，连长彻底大醉，甚至把裤子也尿湿了。五六个人七手八脚地将连长抬回家。

那个热闹、温馨、暖人的场景，是童年记忆中挥之不去的一幕……

当年连领导调任很频繁。对我影响深刻的不乏其人：话音低沉、慈眉善目带有青海方言的徐指导员，说一口湖南话的杨连长，还有个和蔼带有山东口音的潘连长……

1963年，刚度过灾荒年的我家，又遇上母亲患大病动手术。好在那时兵团政策好，连队职工生病可先住院治疗，病愈后再将住院费转到连队，然后由连队财务每月扣费。否则上哪里去找那笔昂贵的费用呢？这份感激之情终身难忘。

母亲出院养病期间，隔壁邻居、父亲同班的叔叔得知后，纷纷来家里探望母亲，有的拿一包方块糖，有的拿几个鸡蛋，有的拿着自家做的馍和饼子。尽管那些东西不值几个钱，可他们来家里嘘寒问暖的精神安慰，不知胜过多少金钱。有一位甘肃夏河籍阿姨见母亲只有一件衬衣，衬衣生满虱子，于是悄悄去商店买布料、裁剪并做好一件衬衣，拿来让母亲穿上。此事让父亲感动不已，亦让全家一生难忘……

父亲所在连队职工1964年前以甘、青宁为主，其次为湖北、湖南、河南籍。1964年先后来了山东、四川、陕西复转军人，之后是上海知青、天津知青。

上海知青大多成熟稳重，像沈志龙、符帮锦、胡三省、华慧祥、翁美娟等；姜尔宝、陈雅珍、杨家骧、孙大才则寡言少语，温文尔雅；陈炳花、张红英泼辣能干；陈金娣乐观亮丽；瞿银琪天性活泼。上海知青"阿拉"刚来连队时，年龄都很小，20岁左右。他们中的沈志龙后来被提拔为一八一团财务科长、总会计师、团长助理和团工会主席；符帮锦、华慧祥分别被提拔为一八五团团长、渔场场长。

天津知青在连队十分活跃。他们说话有礼貌，见到年长职工叫大叔、大姨，开口"您"字在先，说话有分寸。其中于家谦、刘荣臻口齿麻溜。若要辩论，于家谦没有对手。刘荣臻喜欢逗乐，会说调皮话却从不损人，连队都亲切地称他"二宝"。

从值班二连调到连队的王安霖，连队卫生员"小不点"李春天，皆是我的好友。郑惠萍是我在三营十六连实习时认识的，她说话温文尔雅、幽默风趣，无论带班、教学，她都很优秀。我从团部值班连调回三连，王安霖、郑惠萍是连队的共青团负责人。他俩是我入团介绍人。

上海、天津知青在连队虚心学习劳动技能，在连队生活了 20 多个春秋，他们为边疆奉献了宝贵青春年华。尽管后来他们陆续离开连队，回到了上海、天津等大都市，可他们始终没有忘记兵团、忘记连队，并且始终关注、关心着那片曾经奉献青春的热土。

复转军人在当年是父亲所在连队的骨干。其中有的被提拔当了排长、班长,有的担任了连领导。同在父亲所在连队小学担任领导的四川复转军人李兴寿,默默无闻、任劳任怨,带病工作,真心爱护我,是我敬佩的人。在修建阿苇滩水库时,连队两名四川复转军人罗长福、秦家荣献出了宝贵生命。

连队医务所最早的医生是王平仲,爱人胡风芳是连队专职接生员。王平仲大夫医术精湛,爱人胡大夫是接生高手,连队有许多妇女生孩子难产、大出血,均为王平仲大夫夫妻抢救过来的……连队怎能忘记他们呢?

四川复转军人刘国斌是王、胡二位大夫带出的高徒。王、胡二位大夫调到南疆后,刘国斌医生独当一面,挑起重担干好医务工作,钻研医术,及时治疗病人,他是连队的能工巧匠之一,从事连队医务所工作几十年,平安接生千余个婴儿,为连队家庭的平安幸福做出了杰出贡献。

刘明生、刘征召两位四川复转军人,亦是连队能工巧匠。20世纪80年代,连队的孩子考上大学,或者有人结婚办喜事时,他俩大显身手,为东家做十几桌美味佳肴,让客人吃得舒心满意。

陕西复转军人吴世雄、王占海、白树枝、鲜炳安、杨枫桐、邵志金,朴实憨厚,为人正派;爱拉板胡、见人乐呵呵的强致礼;西安口音重、说话硬朗的郭金泉……

山东复转军人除周绍金副指导员外,其余都不太熟悉。周副指导员平易近人、低调做人,连队开大会读文件、学习社论,吐字清楚,声音洪亮。

父亲的连队,是兵团2200个连队中的一个。

无疑，兵团 70 载屯垦戍边辉煌伟业，于历史进程中每前进一步，都离不开连队的昂首挺进……

那一条条绿色长廊的林带、那一眼望不到头的麦田、那伟岸挺拔的钻天杨、那印刻着连队几代人足迹的公路……

我将父亲连队的记忆，用童年、少年、青年时在连队的成长视角，尽数道来，以唤起兵团二代、三代……更多兵团人的乡愁记忆。

啊，克兰河绿洲那远去的背影……

## 雪都情丝

平生爱雪，源于从小生长于阿勒泰。"中国雪都"之称，当之无愧！你若不信，每晚中央电视台天气预报便可得知。

"金鸡尾"隔三岔五飘雪花，今冬连降几场大雪，给生产生活带来了不小的挑战！令人欣慰的是，近年来，"人类滑雪起源地"立足资源优势，承办国际性体育赛事，为国家输送了更多冰雪运动人才。

我在阿勒泰的那些年，每每国庆刚过，还未

来得及抢收玉米，雪花已是纷纷扬扬，于是全连职工、中学生全力以赴抢运带叶玉米。几场雪后，连队的屋顶、羊圈、鸡舍，因盖了"雪被"而臃肿，周遭一切都换上了银色披风，每有麻雀掠过林间草木，难保不会抖落一树晶莹，霜雪落于脖颈，霎时冰凉！

不远处，马拉雪橇映入眼帘，戴红头巾的姑娘匆匆穿过雾凇世界，又消失于茫茫雪原……

冬日，有时连降几天大雪，又会在午夜时分或清晨戛然而止，寒流不期而至，气温骤降，冷空气像是被惹怒的"黑旋风"，一刻不停，毫不留情，城里城外时有道路受阻、人员被困的险情发生。记得有一年冬天，一对年轻牧民夫妇怀抱不满两岁的孩子，骑骆驼赶路，遭遇恶劣的寒流天气。夫妇二人蜷紧身子，紧抱孩子贴于驼绒最厚处，还好路遇好心人家，这才幸免于难……温暖感人的故事，在"雪都"阿勒泰、克兰河岸久久传颂，亦一遍遍叩打着人们的心扉……

　　雪量充沛，对于来年庄稼和冬小麦好处很多。但有时也会冷不丁跟你开个玩笑。一大早，急着上学，却突然推不开门，使尽全身力气也只推开了一道窄缝，原来寒流刮起的积雪将房门死死堵住了！无奈，只好用铲子从缝隙里一点点往外铲雪。大雪天上学，对低年级学生来说尤其麻烦——天刚蒙蒙亮，童年的我急忙跑向集合点，通往营部公路的积雪还没踏开。大家清点完人数，高年级同学在前带路。他们一脚踩下、一脚拔出，艰难行进；而我们人小腿短的，要踩着没膝的雪窝一点点挪步……挺过漫长的一个多小时后，才走到了校门口。这时，每个人头上都冒着热气，汗流不止……

　　春节后，来不及融化的雪一层层叠于路面，太阳落山后，路面光滑如镜，稍不留神就会狠狠摔一跤。孩子们却其乐无穷——脚踩冰刀，如飞燕般穿梭于街巷。

大雪无情人有情，这是发生在克木齐一营中学的真实故事。有位物理老师因胃出血急需输血。可谁也不知道自己是什么血型，于是，学校停课一天，要求全体男教师必须去解放军第十六医院献血。

那天，大雪飘个不停，天地间白茫茫一片。要输血的十多位男教师，从学校出发，蹲在拖拉机车斗里，向16公里外的医院赶去。雪大路滑，车斗里的人都成了"雪人"。可崎岖山路还没走三分之一，车头突然在爬坡路上打滑不前。我们只好下车推拖拉机，经过五六个小时的跋涉，才赶到了医院，顾不上喝口开水、吃碗热饭，拖着疲惫的身躯，抓紧时间验血、输血……

离开阿勒泰三十余载，多次回访，却总错过了粉雪飘飘的美丽冬景；多少次梦回家乡，扑进母亲怀抱，漫步山城，脚踩滑雪板，飞越将军山，亲吻粉雪，拥"雪都"入怀……

## "老马号"里的乡愁记忆

在第二故乡阿勒泰,在克木齐三连,有个叫"老马号"的地方。它是我童年、少年成长的摇篮。无论何时何地,只要回首,那抹温暖就在心间……

"老马号"距三连驻地约2000米。因早先有个养马场,故而得名。距离养马场旧址不远,有一排20世纪60年代建造的低矮简陋土坯房屋。

1963年至1980年初,这里先后有八户人家居住过。

"老马号"房屋坐北朝南，门前是一条自然沟。除去冬季，其余三个季节总有一股溪水欢畅地流淌。

自然沟上面是一条东西向的林带，它是"老马号"大人小孩歇凉之地。紧挨林带的条田呈正方形。条田景色如四季水彩画：或碧波荡漾的麦浪，或紫色苜蓿的花海，或金灿灿的油菜花……

"老马号"独处一隅，闲适安静，恍若与世隔绝的浓缩版连队。于平凡的世界，演绎着兵团连队的烟火故事。

"老马号"的第一户人家。

马占春祖籍青海民和，曾是旧军人，新疆和平解放后，他成为一名解放军战士，跟随解放阿勒泰的部队，成为十师二十八团（一八一团）驻阿勒泰市"八一"商店主任。1964年精简机构时调到三连。

令我记忆犹新的是马叔家有三件宝贝：一只俄罗斯奶羊、一只"老毛子"卡盆、几盆天竺葵。提起他家三样宝贝，得先聊聊马姨。马姨身材高挑，有一双"三寸金莲"小脚，还有一双深邃、慈祥的大眼睛。

那只俄罗斯奶羊和国内奶羊有明显差别：俄罗斯奶山羊，个头不高却健壮，没犄角却有山羊胡子，乖顺听话，山羊毛呈褐色。乳房像足球大小，吃饱草料走动时，好像随时会掉下来的样子。两个乳头像马奶子葡萄，垂于两侧，尤其是左侧乳头硕大红润。俄罗斯奶羊奶多且稠。马姨每天早晚总要挤两大罐子（4斤）羊奶。羊奶煮沸后，表面会结一层厚厚的奶皮（即奶油）。

我出门总见马姨蹲着挤奶的背影，抑或端一缸羊奶，快步迈进家门烧奶茶的背影。当时，玉米面的供应要占人均口粮的95%，白面十分稀缺。长期吃玉米面胃会泛酸，久而久之会得胃溃疡；而鲜羊奶和玉米面搭配，会使胃酸得以缓解。无疑，俄罗斯奶羊让马叔一家幸福地度过了那些艰难岁月。

马叔家的"老毛子"卡盆，和国内卡盆相比，体积大且重。"老毛子"卡盆有两指宽的边沿，盆底和盆沿无一处焊接缝隙，可见它是用一块原材料挤压成型的，耐用不生锈。既可洗衣，也可洗澡。盛夏时趁大人不注意，我们悄悄地搬起"老毛子"卡盆，到自然沟渠边树荫下，用卡盆当游船玩。

天竺葵，阿勒泰人称它比较直白：开红花的叫"月月红"，开白花的叫"月月白"，开粉花的叫"月月粉"。

当年的连队，各家日子都过得很紧巴，哪有闲情逸致养花。而马叔家的几盆天竺葵，在马姨的精心养护下，无论春夏秋季，还是严寒的冬季，都那么芬芳艳丽、绿意盎然。

常去马叔家玩，时间一长就知晓了马姨养花的秘诀：吃过早饭收拾完屋子，她端起一舀子温水，喝一口含于嘴中，然后给几盆天竺葵喷水。用嘴喷出的雾状水，喷洒于盆花枝叶上，枝叶被冲洗得绿油油、毛茸茸。再把喝剩的茶叶置入花盆表层，使花土疏松且能涵养水分。

我所在的小城把天竺葵叫"臭绣球"，说它有一种怪味，此说有失公允，其实那气味是一丝淡淡的薄荷香味。

天竺葵生命力极强，它不择土壤肥瘠，随手掰一枝插入土壤就可成活。由此，我想起兵团的父辈，他们又何尝不是那一株株普通的天竺葵，无论身处何种艰苦环境，都能顽强地生存下去。

我家是"老马号"的第二户人家。

父亲是三连少有的知识分子。20世纪50年代毕业于临夏西北国立师范学院。后来他背井离乡，辗转于乌鲁木齐，后落脚于阿勒泰克木齐三连。他为人真诚善良，低调。家中墙壁上的"五好职工""生产标兵"奖状，就是兵团对他汗水洒戈壁、青春献军垦的褒奖。

连降几场大雪无法出工，抑或大礼拜，连队几个单身青年常来我家与父亲自娱自乐。有位年轻阿姨演唱《马路天使》中的插曲《天涯歌女》，父亲则与其他两位青年吹笛、拉琴伴奏，一台小型的歌舞晚会激情洋溢地呈现在眼前。

父亲和原连队马鸿俊叔叔是知音兼老乡，两人经常于大礼拜夜晚不经意地聊天至深夜。马叔的书不借人，于父亲却是例外。《茅盾文集》《托尔斯泰文集》都是他借给父亲的枕边书。

每到风雪暮色的黄昏，我家窗棂就飘出悦耳的笛音。在麦草垛捉迷藏的我们，听到笛音，立马侧耳静听，那是父亲在吹奏《我的祖国》《小路》《珊瑚颂》等歌曲。因从小耳濡目染，故耳熟能详这些经典旋律，它们滋养、陶冶着父亲和我的精神世界。

我读小学时，母亲整天忙于灶台做饭，不是烙玉米饼子，就是煮一锅土豆。晚饭经常吃煮土豆，或玉米面搅团。吃剩的土豆，用手捏碎，拌些玉米面喂猪。因白面供应不足，上学带的干粮多是玉米饼。因常吃玉米面和土豆，胃里常泛酸水。多年后再见到玉米发糕和土豆，就条件反射地反酸水。

母亲参加工作前，老腰病常犯，至少卧床三天。每次去医务所拿药，刘大夫笑问我："'老病号'又咋了？"自参加劳动后，她的老腰病再没复发。当年我家住房约20平方米，家中没几件像样的家具，母亲却把家具擦得洁净明亮，床铺、锅灶、案板收拾得整洁有条理。连队每次卫生突击检查，我家房门总贴着"最清洁"的奖励。

"老马号"的第三户人家。

马文华是在三连时跟我家交往很深的邻居。两家是陇上同乡。马叔身材魁梧，力量过人，为人忠厚，乐于助人。他家的唐姨，亦是连队既能吃苦，又能勤俭持家的女职工之一。下班后，她除了给几个孩子做饭、料理家务，还要抢时间背麦草。经常见她累得筋疲力尽，眼窝深陷，说话有气无力。

点煤油灯那会儿，电视还没普及到各家各户。饭后各家煤油灯相继亮起，相互串门聊天即为业余生活。饭后马叔是我家的常客，他上我家不坐炕或凳子，只靠墙蹲在窗户下，父亲则坐在炕沿，和对面小床上坐的邻居叔叔抽着莫合烟。在烟雾缭绕中，他讲述着春秋战国的故事和一些家乡趣事。

阿勒泰的冬季寒冷而漫长。20 世纪 80 年代前的冬天，各家做饭和取暖主要依靠麦草，于是麦草垛就成了各家房前屋后的标配。每当夏季来临，各家都会抽空储备麦草或烧柴，以备冬天做饭和取暖。

夏收后的条田，堆放着一座座小山似的麦草垛。那是收割机草箱倒出的麦草垛，它足有15立方米的屋子那么大。一个普通人要用三四次，方可把一草箱麦秸背完；而马叔能用一条皮绳，把一草箱麦秸整理好，用力捆结实，背起就走。

他背起那捆麦草往家走的样子，仿佛是一座草山在移动。看不见他的半个身体，只见露出的双脚。他用脊背和腰扛起一座草山，那情景真令人惊叹、唏嘘不已。

有年冬天连下几场雪后，寒流把上云母矿区的路封死了，几天内没法通车。舒瀚老师着急回云母矿校，情急之下他想起马号班长马文华。当舒老师向他说明情况后，他立刻牵出一匹健壮的马，让舒老师骑着马赶回矿区。2002年我出差到天水看望舒瀚老师时，他还心怀感激地给我讲述那件借马回矿区的事。

有一次马叔赶马群路过克木齐镇，因口渴去路旁一户人家讨口水喝，进门见那家主人媳妇坐月子，炕上连一条褥子都没有。回家第二天，他把家中仅存的一床新褥子送了过去。

在缺油少肉的20世纪70年代，冬季来临之时，他就经常和父亲赶一辆牛车去克木齐买土豆以缓解口粮不足，怕被执勤民兵发现，天不亮就悄悄出发，天黑后很晚才回家。

后来政策宽松，入冬前他和父亲去很远的哈萨克族村落，购买两家过冬的活牛。买牲畜不但要用眼观察，还要有实践经验。这是马叔的强项，所以每年冬季，我们两家宰的牛肉，肉质肥嫩且价格便宜，让邻居们既羡慕又唏嘘不已。

1996年冬季，重返故乡阿勒泰时，我去连队看望马叔。马叔像招待贵宾一样，专门为我宰了一只羊。在吃手抓肉时,他用东乡方言动情地说:"如意,你爸爸是三连……我最好的朋友,我们两家……是几十年的……老邻居。"没等话说完,他眼眶已盈满泪水。一瞬间,他的话触动了最柔软的心弦,他哽咽了一会儿,后半句竟没说出来……

在连队土地承包的年代,他瞅准了养殖阿勒泰大尾羊的致富门路。于是,他和小儿子奴海养殖了上百只大尾羊,二十几个春秋赚下了一笔不菲的收入。

然而,岁月的那把利刃把原本高大魁梧的马叔雕刻成了一张弯弓。他用尽毕生的心血,将五个孩子抚养长大,成家立业。这不正是这把弯弓,用一生之力,射出的五支利箭吗?……

"老马号"的第四户人家。

张中孝祖籍甘肃武威。他是连队牛群的放牧

员，早出晚归放牛，还负责早晨挤牛奶。故而家里大小事，包括全家 10 口人的吃穿花销、操持家务的担子，就落在老伴一人身上。

张家前 4 个孩子是跟随母亲从老家来到连队。因而最知晓母亲的艰辛。在捡麦穗弥补口粮不足的日子里，4 个孩子和母亲早出晚归，奔波于每一块收割过的麦田。夜幕降临，母亲和孩子将一天的收获——4 麻袋麦穗背回。"手中有粮，心中不慌"。面袋子鼓起的日子，让张家充满快乐。

1971 年 8 月的一天，参加工作后首次回家的情景，我还清楚地记得。在阿山执行开采云母任务的我排，因后山即刻下雪，我们随即乘坐 45 分队解放牌卡车下山，次日赶回家吃了母亲的手擀面、父亲做的香喷喷的炒菜。

回团部连队的前一天，张家请我吃饭。一进门就见张姨正在揉面，招呼我坐下后，一边揉面，一边和我聊她三儿子李维海上学时我俩的友情。那天吃拉条子拌啥菜已记不清。可那碗光滑筋道的拉条子，却在舌尖留香多年。

我工作前的许多个夏季，连队曾兴起捡麦穗的热潮。那时营部已有面粉加工厂，脱净的麦粒可在面粉加工厂兑换面粉。

这无疑引起赋闲在家妇女的渴望。她们头天打听好，次日直奔收割过的麦田。有经验的人会冲在前面，直奔腰渠和麦田的角落。那是收割机遗落麦穗最多的地方。她们的脸被太阳烤得像要着火一样。麦田周围虽有林带绿荫，但没人去乘凉。她们知道每颗麦穗都是时间的积累。

连续捡麦穗几日，抑或两三天没处捡。"老马号"各家将捡回的麦穗麻包搬到门前，摊晒于太阳下。下午两三点以后，各家开始捶麦穗。棒槌声此起彼伏，像锣鼓一样响成一片。

捶打麦穗半小时，用簸箕铲起麦糠、麦粒扬

场。借助微风,麦粒垂落,麦糠飘落一旁。各家把门前麦场收拾干净,一盆盆、一簸箕黄澄澄的麦粒装进布袋。笑颜挂在主妇的眉梢。

于炊烟袅袅的暮色中,"老马号"降下喧嚣了一天的帷幕。唯有月亮和星星眨着眼睛,看着"老马号"老小枕着麦香入眠……

"老马号"的第五户人家。

强永年祖籍甘肃武威。夫妇俩讲一口地道的武威话,憨厚老实。最初他在大田劳动,后来很长一段时间在连队伙房当炊事员。联产承包后,夫妇俩养了一群羊,一年四季辛苦牧羊。他家起初有四个孩子。男孩老二因食"野萝卜"中毒而夭折。三儿聪明好学,考入了新疆八一农学院。随之笼罩的阴霾逐渐消失。强家女儿强华出生后,因夫妇俩上班无法带孩子,就让女儿的姨妈从老家来连队,从婴幼儿带到上小学。

强华打小就羞涩腼腆，见着生人或熟人，总有女性之美的羞涩与腼腆。2018年腊月，应新疆兵团电视台与十三师之邀，我去哈密参加"记录兵团·放飞梦想"之"火箭杯"征文大赛颁奖典礼。我下火车当晚就去看望强华，见她还是小时候羞涩腼腆的模样。

　　我原想吃一盘拉条子拌面后告别新疆，没想到高铁站附近饭馆10点才开门，怕延误时间未能如愿。上火车时，强华和爱人拎着新疆特产来送行，我匆忙与他们合影留念。高铁从哈密站驶向莽莽雪原，"老马号"邻里兄妹情，却如一杯烈性白酒温暖我全身。

　　"老马号"的第六户人家。

　　三连"五七"家属排成立前。葛聚清从二连调至三连当司务长。他家搬至"老马号"前没现成的房子可住。他就在马占春叔叔家隔壁建了几间新屋。夫妇俩精明能干，讲一口地道的山东话。妻子韩建英被选为"五七"排排长，性格泼辣，说话干脆利落。她留着齐耳短发，模样挺像《苦菜花》《南征北战》中的女游击队长。

"老马号"的第七户人家。

谢文和是四川复转军人。1965年3月，他所在的沈阳军区3000余人集体转业至新疆生产建设兵团。他与20名战友分配到三连。

刚来连队那会，他家居住于青圪崂老三连旧房，是我家隔壁邻居。每逢大礼拜早晨，总听见他那嘹亮的歌声：《打靶归来》《我是一个兵》《雄伟的井冈山》……听着那些军歌，脑海中浮现出他扛枪的英姿，想象他摸爬滚打训练的模样……他是个有文化素质、朝气蓬勃的复转军人。

"五七"排解散后遗留一间烧酒作坊，面积挺大。于是，谢文和、阳永辉两家将其隔成两间住房。解决了两家因孩子多、房屋狭小的困难。

谢文和会木匠手艺，连队的人叫他"谢木匠"。

在青圪崂那会儿，父亲想把家中"土碗柜"（用向日葵秆、土坯砌的）换成木质的。可去哪里找木料？父亲东拼西凑找来些比铁锨把粗、长短不一的圆木，让谢文和过目可否。他说凑合着可用。他先把不规则圆木画线、截料、刨光、凿卯眼、制榫，再把榫头和卯眼接起来。他仅用半天工夫就把碗柜做好了。母亲做了一锅香喷喷的面片热情地款待他。饭后，母亲迫不及待地将新碗柜擦干净，再铺一层牛皮纸，然后将碗、筷、碟子整齐摆上。

都说四川女人能吃苦。可在我看来，当年连队复转军人的家属与蔡姨相比，还差一大截。无论是拾麦穗、拔猪草、背麦草，还是1980年去阿勒泰市郊区养貂场租种10亩蔬菜地、饲养10余头猪。她当之无愧，并且是让连队职工刮目相看的致富女强人。那些年她带领全家起早贪黑，种菜、卖菜、喂猪。没几年，她家摆脱了贫困，过上了小康日子。

初来连队时她只有22岁，大眼睛、黑头发，扎一对麻花辫，桃李年华，年轻漂亮，充满活力。

在老三连青圪崂自然沟与水渠边，长着大片蒲草和芦苇。蒲草顶端结出许多毛拉，矗立于水草中央，像一支支蜡烛和火炬，非常耀眼。蔡姨听人说，毛拉晒干可当棉花。她心想：这么好的法子，还不用花钱买棉花，可以当棉絮做枕头。

1965年夏季的一个中午，蔡姨叫上我去摘毛拉。她背着背篓穿一双高腰胶鞋，走近蒲草沼泽水边，挪脚试探水草深浅，在沼泽淤泥中拔脚挪步，艰难地向毛拉多的深水中央靠近，然后用手将毛拉折断，扔进身后的背篓。

她顾不上烈日烘烤，脸晒得通红，汗水浸湿了她的刘海，粘在眼睛周围。毛拉装满背篓，她背出背篓倒在沼泽地边。我俩将毛拉整齐地装进麻袋。我劝她歇息会儿再干,她莞尔一笑,又钻进沼泽中。

两小时左右,毛拉装满了麻袋和背篓。她高兴地背起来往家走。

背回家的毛拉摊晒于屋顶。两周后,毛拉晒干。她在屋顶将晒干的毛拉用手捋出,装进麻袋。我帮她撑着口袋。只见她把捋出的毛拉攥于手心,在送进口袋的一瞬间,毛拉却魔术般蜕变蓬松成雪白花絮。花絮像长出翅膀四处飞扬,粘于她和我的鼻子、眉毛、脸上,还粘满她的头发和全身——顷刻她成了"白毛女"。我笑得眼泪都出来了,甚至腰都直不起来了。再看她亦抿嘴笑着,笑得那样开心和甜蜜……

"老马号"的第八户人家。

阳永辉祖籍湖南,17岁闯新疆。他是三连

有文化的热心肠人，也是连队能工巧匠之一。连队哪家杀猪、办喜事、做菜、写家信、打火墙，甚至帮人做一顶皮帽子等，他都会有求必应。

阳家六个孩子，三男三女。老三男孩不到两岁时，送托儿所尚小，阳母还需工作，故而恳求母亲带阳老三。母亲已带着个幼儿，怕顾不过来。但碍于两家的交情，母亲还是答应了。她带着两个幼儿的确很忙：一个喝牛奶，一个撒尿了；顾了这个，顾不了那个，真叫母亲手忙脚乱。帮着看孩子的我，那时正迷恋小说。我一边看孩子，一边专心看《桐柏英雄》。母亲见状愤然夺书，扬起书打在我的额头上。我的伤口好久不愈合，母亲自责不已。

阳叔把家中的婴儿车拿来，两个婴儿可坐在车内玩耍。母亲轻松了许多。阳老三吃饱就睡，醒来也不哭，白白净净、胖乎乎的，我和母亲都喜欢他。

阳老三命运多舛。读小学时，恰遇劣质老师，天天告状，他放学回家总挨打。最终辍学，满山洼徒步牧羊，连双球鞋都买不起。可阳叔却碍于面子，难以启齿收那几家人的代牧费。

屋漏偏逢连夜雨，船破又遇顶头风。阳家老五考进北京农垦管理学院，后来毕业去深圳打拼的那些年，是阳家经历生活煎熬与打击最沉重的10年。2011年，43岁的阳老三得病离世。其父悔恨不已，痛哭流涕，仿佛大病一场。

苦难是人生的垫脚石。阳家其余五个孩子，与命运抗争，各自发愤，愈挫愈勇。尤其是阳老五最有出息。

阳老五在北京读书，家中无法筹集他的学费。于是他利用寒暑假捡啤酒瓶、纸箱，做销售、当搬运工来筹集学费。在深圳创业之初，为支付每月的房租和生活费用，下班后他先去菜市场捡菜叶，回屋后洗净腌咸菜，经常买七角钱一斤的生虫大米来度日。

阳老五在深圳从骑自行车跑销售起步,到骑三轮摩托车送货,再后来驾驶农用货车,早出晚归为货场和商场运送货物,连轴转地拼搏。一步步积累资金,一步步转变经营理念。遭遇过多少白眼,经历过多少煎熬。最终获得创业辉煌业绩——前海拆迁房地产业。

"只有经历地狱般的磨炼,才能练就创造天堂的力量"。

2019年春节,我和兄弟带母亲去广州过冬。想让耄耋母亲换个环境,冲淡因父亲离世之"严寒"。正月初七欲前往广州、长沙和永州,探望阳老五的父母和父亲生前的长沙好友。阳老五得知后,邀请我们到深圳玩几天再去湖南。

到深圳次日,阳老五下飞机后开车直奔酒店。当晚在广东潮汕餐厅为我们接风。同来看望的还有原三连陈苍印的女儿福华。

一桌丰盛的菜肴，一瓶贵重的茅台酒，于席间传递着两家与连队、"老马号"的深情厚谊。不是亲人，胜似亲人。那份深圳春天的温暖，已过去五年之久，每当想起，仿佛就在昨天。

在旁人眼里，"老马号"或许是一个普通的地方。而对于我，它是我等待青春的美好时光；它是我青葱岁月的记忆；它是我渐行渐远的乡愁……

几度重返阿勒泰，驻足"老马号"旧址。于一瞬间，我恍若看见"老马号"的前辈们，在孩童们的搀扶下，正微笑着向我走来……

## 戈壁红柳

在大漠戈壁，红柳是一种很常见、再普通不过的植物。然而，它却以戈壁为家，大漠为伴，盐碱腐蚀不了它的根须，干旱也摧不垮它的魂魄。它始终秉持以柔克刚的坚韧，从善如流，积沙成丘，把飞扬跋扈的沙砾踩在脚下，筑起一座精神高地和堡垒，傲然伫立起伟岸的灵魂！

新疆几代兵团人，如同戈壁红柳一般，以屯垦成边的坚强与担当，诠释着红柳精神。

自1954年成立之日起，几代兵团人在天山南北荒原戈壁开垦出1400万亩耕地，建起了石河子、五家渠、奎屯、北屯等一批垦区新城和172个农牧团场，建立了58个边境农场，扼守着2000多公里的边境线，成为祖国西部边境线上一支不可或缺的力量。他们驻守西北边陲，为新疆的经济发展、政治稳定、民族团结、边防巩固做出了不可磨灭的历史贡献。

只有倒下的胡杨，却没有趴下的红柳。

新疆兵团所在地大多在沙漠、戈壁、盐碱滩地带，水资源短缺，土地盐碱化严重，植被稀少，生态环境异常恶劣。

"戈壁明珠"石河子市，早年间是一条流淌着石子的河流。这里曾是行人歇凉解乏、饮马驻足的驿站。当年王震将军率部驻扎石河子的夜晚，蚊虫叮咬让将军一夜无眠，而他却在脑海里绘就了石河子市的蓝图。第二天他向垦荒部队挥臂说："我们就在这开基创业，建一座新城，留给后代！"

将军一声令下，戈壁荒原发生了奇迹。兵团人用青春和生命营造出一片绿洲、一座共和国的新城。

1958年，农二师吹响了进军塔里木的号角。塔里木垦区的团场大多处于塔里木河下游和塔克拉玛干大沙漠的东北边缘。农二师的拓荒者，在人迹罕至的沙漠荒原上实现了"戈壁沙滩变良田，万古荒原建花园"的理想。如今的塔里木每一个农场都涌动着千里稻菽、粮山棉海。在西起英格海子、东至蒲昌的170多公里狭长地带，构筑起了一条锁"黄龙"、护农田的绿色长城，整个垦区全面实现了林网化。昔日被判为"死亡之海"的塔里木已变成了粮丰棉盛、林茂果盈的"希望之海"，昔日的神话已变成永载史册的现实。

"活着，屯垦戍边；死了，骨埋天山"，这是兵团人创业时期的豪言壮语，也是创业年代兵团战士的真实写照。新疆占祖国版图的1/6，仅边防线就有 5000 多公里长；而兵团 58 个边境农场 2000 多公里的边防林带，却成为一道保卫祖国尊严的绿色屏障。新疆有多大，兵团就有多大；哪里有情况，哪里就有兵团战士。他们踏着父辈们的足迹，把"屯垦"与"戍边"两个重任一肩挑起。

新疆生产建设兵团屯垦戍边的创业史，离不开数十万上海、天津等地的志愿者。曾担任过自治区政协副主席的杨永青百感交集地说，如果没有党中央的关怀，几十万志愿者安心守边疆是不可能的。一大批志愿者成为新疆生产建设兵团各项事业的骨干。

兵团原司令员华士飞说他 47 年前是唱着《边疆处处赛江南》来到新疆，并成为一名新疆生产建设兵团的军垦战士。华司令员和杨永青副主席等无数支边青年的成长经历，展现了数十万支边青年热爱祖国、建设边疆、奉献青春的精神风采。

一部《边疆处处赛江南》大型纪录片和主题曲一时走红全国，曾吸引和感召祖国一大批有抱负、有理想的热血青年奔赴新疆生产建设兵团。

童年、少年和青年时代，身边有许多来自五湖四海的叔叔阿姨，上海、天津的志愿者，以及我的父母，他们宛若戈壁红柳，在兵团各行各业绽放着青春芳华。

曾多次重返新疆生产建设兵团的我，无论乘坐火车或大巴，或穿行北疆还是南疆，只要看到公路两旁一排排挺拔的钻天白杨，或者沙枣树组成的林带，胸中总会被一股暖流搅得汹涌澎湃。

一部以新疆兵团人戍边创业为题材的电视剧《戈壁母亲》，让250万新疆兵团人充满激情地回顾了祖辈、父辈屯垦戍边的光辉历史。也让曾在兵团度过青春岁月的我，眼含热泪，激情澎湃地看完了全剧。

2013年金秋时节，在结束兵团会议后的第三天，会议安排大家前往石河子市参观。大巴载着我们穿过石河子广场的晨练人群，径直驶向兵团军垦博物馆。在讲解员的带领下，我们参观了军垦博物馆。进入展厅，映入眼帘的是新疆生产建设兵团事业的奠基人王震、陶峙岳、张仲翰三位将军的塑像，以及他们的生平事迹。展厅陈列出的一件件具有意义的物品和一幅幅垦荒年代的黑白照片，吸引着每一位参观者，他们身临其境感受红色兵团精神，并为新疆生产建设兵团取得举世瞩目的辉煌成就赞叹不已。

在新疆生产建设兵团石河子市党委大楼前的广场上，有一座雕像深深吸引着游人：光着脊梁的士兵，拉动着一架深深切入土地的铁犁，匍匐前进……这就是著名的《军垦第一犁》雕像。人们在石河子旅游时，总会到这座雕像前参观留影。我猜想：他们是前来体会祖辈、父辈们当年创业艰辛的游人，还是慕名远道而来的游客？不得而知，但可以肯定，每个前去观看雕像的人，他们的灵魂都会受到震撼，心中定会涌起那段历史的波澜……

这座雕像是屯垦戍边不朽的历史丰碑，是几代兵团人的光荣、骄傲和自豪。

巍巍天山，请铭记兵团军垦人。因为他们是共和国创业年代最可爱的人！

## 露天电影

20世纪六七十年代长大的我,对电影有一种特殊的情感。电影是那个时代特殊的记忆,每当重看老电影或听某一首电影歌曲,当年看电影的场景就会萦绕于脑海,仿佛又回到那个充满激情的光影时代。

看电影是童年时代最开心的事。那时候全团只有一个放映队。每隔一两个月,才轮到各营放一次,然后在三个连队和营部之间轮流放映。

在老营部上小学的我,若听说电影当晚在连

队放映，听课时便如坐针毡，一放学就加快步子跑回连队，在银幕前找一块地方，用石头或砖块做个记号，然后回家随便吃几口饭，搬上凳子跑到放映场，生怕别人占去了自己的位置。

当放映机的胶片开始转动，一束强光射向银幕的瞬间，一幅工农兵图案或一颗闪耀着光芒的"八一"五星，伴随雄壮激昂的进行曲出现于银幕。霎时间心脏"咚咚"直跳，好像要蹦出胸膛。

夏天看电影最难对付的是蚊子叮咬，脚面和脚脖子是蚊子最爱叮咬的地方。影片播放前或换片子时，人们头顶上飞舞着数不清的蚊子和小咬儿。来不及擦驱蚊油的人们，则要用马尾拂子或手帕不停地驱赶着蚊子和小咬儿。

一年中，最难忘的是冬天看电影的情景：连队四周的田野和各家的屋顶覆盖着一层厚厚的银色雪被，只有放电影的俱乐部操场前的积雪被清扫得干干净净。没等连队的马车把电影接回来，小影迷们早就把操场银幕前的最佳位置占好。

阿勒泰冬季的气温，有时在早晚会下降到零下20多度，甚至零下30度。为防止夜晚看电影冻感冒，吃过晚饭的人们会提前做好御寒准备。男性不论大人小孩都戴羊皮或狗皮帽子，女性不论老幼都围着厚厚的毛围巾。穿着棉大衣或皮大衣，脚穿毡筒、棉鞋的人们从屋里出来，急匆匆奔向放映场，到处都是"咔嚓""咔嚓""咯吱""咯吱"脚踩雪路发出的声音。

此时，电影放映场地人群的头顶上，弥漫着一片白雾，仿佛刚掀开的蒸笼，那是人们天寒地冻时呼出的热气汇聚而成。换胶片的间隙，放映机周围亮如白昼，而放映场四周却漆黑一片，人们借着亮光能看见帽子和围巾上已结了一层白霜。此时人们会抓紧时间跺脚取暖，跺脚声此起彼伏，像鼓乐合奏，有时响声还会连成一片。

沉浸于电影故事中的人们，暂时忘记了身边

的寒冷，像是在电影院看电影一样，悠闲地抽着莫合烟，嗑着香喷喷的葵花子……

小时候，为了看电影，我与兄弟都挨过父亲的责打。但那时的电影也为童年的我打开了一扇了解世界的窗户。给我印象最为深刻的电影是《卖花姑娘》。那天晚上，除团部所属的单位外，方圆一二十里地的二营七连、八连、牧场园林队、牧场二队看电影的人，从四面八方涌向团部中学放映场。放映场上人山人海，比集会和赶庙会还要热闹好几倍。影片开始后，场上的笑声、喊声、嘈杂声瞬间消失。聚精会神看影片的人们，不知不觉中与影片故事情节产生共鸣。那天晚上几乎所有在场的人都流了泪，我甚至还能听见抽泣声。回到宿舍躺在床上，我难以入眠。那些影像如翻卷的云层，久久挥之不去。

在"万花纷谢一时稀"的日子里，《英雄儿女》《南征北战》《铁道卫士》等影片成为一枝独秀，轮番放映。尽管如此，人们观看的热情依然不减，而影片中催人泪下的感人情节和惊心动魄的场面，每每让少年时代的我看得热血沸腾，激情飞扬。

后来，我在克木齐一营中学当了教师，常与同事去连队看电影。有时，周六放学后还会独自骑车到15公里以外的阿勒泰市电影院看电影。有一次正赶上通宵连放三部影片：《峡江碟影》《神秘的大佛》和《三笑》。买好票又买了啤酒和面包，找到座位悠闲地边吃夜宵边看电影。等我一口气看完三部影片，已是凌晨五时许。不可思议的是，走出影院，我居然精神无比爽朗，好像刚充完电一样，浑身有使不完的力气。此刻，平日里担任教学与带班工作的压力和辛劳，以及函授大专课程的疲惫，早已烟消云散。

与电影院相比，我更怀念露天电影，因为露天电影为年轻人搭建了一个极佳的恋爱平台与空间。看电影之前,姑娘们会把自己打扮得漂亮得体,而小伙子也会把自己打扮得很时尚。在电影开演前和放映机换片的间隙,年轻人会用眼睛寻找意中人。

如今,看电影的方式虽已多样化了,但童年、少年和青年时代看露天电影的那种热情,却依然定格在脑海,时时激荡于心,成为一生的回味和怀念……

## 心中的百草园

克木齐的夏季，风景宜人，绿意盎然。

一块块苜蓿花、油菜花、小麦和玉米条田，镶嵌在林带网格化的翠色中，星罗棋布，宛若一幅幅水彩画，绚烂秀丽，浑然天成。

在克木齐三连青圪崂主灌渠一侧，一道泄洪闸长年紧闭。闸门缝隙喷出的水柱，似水帘瀑布，溅落于闸底跌石上，"大珠小珠落玉盘"；像断线的玉珠，像蹦床上的顽童，蹦起、跳下，瞬间汇成一泓细流，旋转几圈，流进水草茂密的自然沟。

中午时分，火辣辣的太阳悬在头顶，条田的庄稼像烤焦了一样，耷拉着脑袋。知了的叫声此起彼伏，一次次漫过绿色掩映的那排青圪崂土坯房。

忽然，从土坯房闪出一个男孩，手拎小水桶，沿着麦田间的小路，径直向主灌渠泄洪闸跑去。一到闸下，脱去背心，挽起裤腿，光脚跳进溪流。

男孩弯下腰，将手伸进叠石缝隙，摸索着，抓出活蹦乱跳、滑溜溜的泥鳅，用双手小心捧住，放进水桶。

泥鳅藏身的洞穴，外小里大，洞口勉强能伸进一只小手，空间如男孩的拳头大小。

洞穴中的泥鳅，听见有动静，噼里啪啦，拍打着小尾巴，拼命躲藏着，挣扎着，一个个脑袋，挤向洞穴暗处。

男孩将泥鳅藏身的洞穴，挨个摸了一遍，直

到把泥鳅全抓完。胳膊和手背被划出一道道伤痕，却全然不知。

稍作歇息，男孩在脖子上系一块纱网当渔网。双手将纱网左右撑开，紧贴水底，从溪流下方往上蹚，不时兜起纱网，见有蹦跳的泥鳅，露出微笑。

见太阳快要落山，天色渐渐暗下来。男孩顾不上放下裤腿，穿上背心，拎起半桶泥鳅，向家中飞跑而去。

克木齐学校左侧有一片齐人高的苗圃。苗圃西面紧挨着一条自南向北的灌渠，灌渠西边公路旁有一片果园。果实累累，果香诱人。

早晨，5个小伙伴背着书包，经过学校前那片苗圃，见四下无人，熟练地钻进苗圃。他们围成一圈，坐在压弯的榆树梢上玩扑克牌。

苗圃四周静悄悄，唯有传来打扑克牌的声音

和对输赢的赞叹声。一阵微风拂过,飘来校园铃声。

扑克玩久了,有些口渴。嗅着空气中飘过的果香,伙伴中的孩子头儿说:"弄些果子吃。"他指着男孩和宝全说:"今天你俩去。"男孩心里"咚咚"直跳,不好拒绝。宝全的脸涨得通红,嘴里却支吾着说:"如果被抓住……"没等他把"咋办"说出,大伙全笑了。在孩子头儿的催促下,男孩和宝全一溜烟跑向果园。

到果园必须翻越那条灌渠,灌渠很宽且深。要选择一个水面较窄的地方越过去。男孩和宝全选好水面窄的地方,奋力跳过,再跑过公路,躲进果园杂草丛中观察动静。

见园内无人,两人快速跑到树下,专摘大的苹果,边摘边往书包里塞。书包塞满了,又往衣兜里装。

偷了苹果,往回跑,男孩紧张得浑身打战。

男孩将身体慢慢溜向接近水面的地方，找了一处水面较窄的地方。站稳后鼓足劲跳过水渠，然后匍匐在渠坡上，双手压住书包，怕滑落水渠，一动不敢动。

此时，书包扣子张开，苹果从书包一侧挤出，滚向渠里。他急中生智，上身稍斜，用胳膊和前胸挡住往下滚落的苹果，用手压紧书包口，脚尖死死蹬住草皮，以防身体滑下。

稍作喘息，男孩攀上渠顶，钻进苗圃。回到苗圃，两人爬到榆树梢上，喘着气说下次再也不敢去了。

两个"小偷"的狼狈相，让其他3个伙伴笑得前仰后合。

缓过劲的男孩和宝全，狼吞虎咽地享受着"战利品"。当吃到第二个果子时，才细细咀嚼、慢慢品味，清香与酸涩充盈舌尖，感觉牙齿被醋泡过似的，一点嚼劲都没了。

男孩独坐于门前林带树荫下，看着抱窝老母鸡卧于沙土中，翻动翅膀，尽情享受沙土浴的欢畅；看另一只母鸡带领刚出壳的雏鸡，在树荫下觅食；抑或眺望远处的阿尔泰山发呆。在无数个昏昏欲睡的午后或黄昏，男孩孤寂地徘徊着……

在孤独的世界里，男孩恋上了连环画与小说，沉浸在阅读中，沉醉在波澜起伏、惊心动魄的故事里……

读《红岩》，他屏住呼吸关注江姐、许云峰、成岗的命运；读《烈火金刚》，他为肖飞独闯虎穴、狼窝，大闹县城，彻夜不眠；读《青春之歌》，他关注着林道静从彷徨走向成熟、寻求真理的执着与坚定……

在缤纷的小说世界里，男孩激情飞扬，热血沸腾。丰富多彩的小说天地，在他懵懵懂懂的世界，展现了一幅波澜壮阔的画面，而那些鲜活的人物，活跃在他的脑海，伴随他度过无数个黑夜与白昼,驱散了童年的懵懂、少年的困惑,走出青涩,走出了百草园……

也许,他不是我;难道,他不是我吗?

如果能让逝去的岁月倒流成河,那个摸泥鳅、逃学偷苹果,与连环画和小说做伴的男孩便是我。

记忆斑驳的百草园,果真离我远去了吗?没有!它已翻拍成珍贵照片,永远搁于我心中最重要的位置……

## 沙枣树

在新疆辽阔的大地上，沙枣树的身影随处可见。它们俨然一支受阅的三军仪仗队，气宇轩昂地挺立在新疆生产建设兵团绿洲的城市和农场公路的两侧，近看、远看，或在飞机上俯瞰，那景象是何等的壮观和令人震撼，让人热血澎湃、激动不已……

在我的故乡阿勒泰、克木齐，团场的沙枣树组成的莽莽林带，更是一道亮丽的风景。你看，它们宛若一条条绿色的长城，气势恢宏地横亘在阿山脚下的大地上。每当风沙从沙漠的边缘刮过来，苍劲的沙枣树总会率先挺起古铜色的躯干，挥动厚重的叶片，笑迎扑面而来的风沙，涛声滚滚，绿浪澎湃。

每当看到沙枣树伟岸的身影，以及沙枣树筑起的绿色长城壮观景象，我都会情不自禁地想起兵团人，想起他们艰辛的创业史，想起他们在那片亘古荒原上，开拓出一片绿洲新天地，创造了一种前所未有的屯垦戍边拓荒精神……

1954年10月，驻疆解放军10万官兵脱下军装，摘掉红领章和红五星帽徽，集体就地转业，扎根天山南北大漠戈壁，屯垦戍边、守护边陲，默默奉献……这就是新疆生产建设兵团。

几代兵团人一手拿镐，一手拿枪，不仅维护了国土的完整，也为新疆社会经济的发展做出了卓越的贡献。他们像沙枣树一样，用顽强的生命力挑战恶劣的自然环境。无论是茫茫荒漠戈壁，还是寸草不生的盐碱滩,都能深深扎下根,成为永不换防、永不转业、世代接续、维稳戍边的力量和有生命的"界碑"。

沙枣花盛开的季节,是戈壁绿洲景色最美的时节。和煦的阳光播洒在希望的田野上,大地一片葱茏。各种农作物在田野里生机盎然,茁壮成长。

沙枣花的芬芳,弥漫在绿洲家园,醉了游人,亦醉了在新疆绿洲广袤大地上辛勤耕耘的几代兵团人……

沙枣花之美在于其内,而不在于其表。它的芬芳随风四溢,馨香弥漫在丝绸之路上,令游人流连忘返……

临风怀想,遐思悠悠。那一丛丛绽放在大漠戈壁的沙枣花芳香,难道不是美丽富饶的边疆大漠绿洲吗?而那弥漫于天山南北醉人的芳香,难道不是沙枣树酿出的美酒,对奉献青春和热血的兵团建设者由衷的感谢吗?……

我爱沙枣树!

## 克兰河那亭亭白杨

有幸成为刘宝经老师的学生，缘于1975年在师资班培训学习的经历。刘宝经老师是师资班的语文教员。因担任班长并负责收课堂作业，我和刘宝经老师接触颇多。

刘宝经老师的一生是丰富多彩的，1927年生于河北乐亭，毕业于华北大学法律系；1950年投笔从戎，参加中国人民解放军，后随军进新疆在阿勒泰军分区工作；1953年转业到新疆生产建设兵团阿勒泰农十师一八一团工作。他多次立功受奖，热爱文艺，喜欢写作，曾受聘兵团《军垦报》特约记者，见报小说、报告文学达 30 万字。曾为兵团作协、兵团诗词学会、自治区诗词学会、中华诗词学会会员。150 余首诗词见诸报端，450 余篇作品被收入《当代西域诗词选》《军垦颂》《绿洲魂》《新中国诗词大观》《中国当代诗词艺术家大辞典》《中华当代诗词大家》等诗词集，并在许多诗词大赛中获奖。著有《青青河畔草》诗词集和《一壶奶子酒》散文小说集。

1953 年，刘宝经老师转业到兵团二十八团，成为屯垦戍边的一员。他是这一重大历史事件的见证者、参与者和建设者。

刘宝经老师是当年兵团少有的高级知识分子，承担着党的宣传和教育的光荣任务。那时他写下大量通讯、散文、报告文学，是兵团作家中的佼佼者。1963 年他撰写的报告文学《上海五姑娘》在《新疆文学》杂志一经发表，就在志愿者中引起强烈反响，文章曾四次在新疆广播电台播放，被《解放日报》转载，还被收入《上海知青专辑》，上海知青人手一册。他以军人的崇高使命在戈壁大漠播撒理想信念的种子，无怨无悔地将自己最宝贵的青春、智慧和才华奉献给了建设边疆的伟大事业。

刘宝经老师把一腔热血献给了边疆教育事业，他把提高教学质量作为头等大事来抓。为提高教学质量，起用一批上海知青充实到教师队伍，彻底改变了师资缺乏、教学水平滞后的现状，使农十师一八一团中学的教学质量在阿勒泰地区声名鹊起。他爱校如家，爱生如子，他的美德被师生传为佳话。

一八一团中学是刘宝经老师肩负校长重任的学校，是他传道、授业、解惑的校园。那里有他的一腔热血，那里有他呕心沥血的身影，那里有他的笑声回荡于克兰河校园的上空……

刘宝经老师教学严谨认真。记得上新闻通讯写作课，他把新闻通讯的几个要素讲解之后，在下一课请来一位哈萨克族女学生在教室做人物专访。哈萨克族女学生讲述她家房屋失火，村里人和邻居帮助救火的经过。他布置课堂作业，要求通过人物专访写一篇新闻通讯。在对全班通讯写作讲评后，他再次强调通讯写作六要素缺一不可，以保证新闻的客观性和公信力。

刘宝经老师给我们上《谁是最可爱的人》那篇课文，是我难忘的一课。他走进课堂，在黑板上写下《谁是最可爱的人》课题，简介作者后开始范读课文。他手拿课本，一边朗读课文，一边行走于课堂；他满怀激情，抑扬顿挫地朗读，把我们的思绪带到战火纷飞的朝鲜战场，用火山岩浆般炽热的诵读营造浓厚的氛围，引导我们领悟作品的主题思想。当朗读到最后一个自然段"亲爱的朋友们，当你坐上早晨第一列电车走向工厂的时候，当你扛上犁耙走向田野的时候，当你喝完一杯豆浆，提着书包走向学校的时候，当你安安静静坐到办公桌前计划这一天工作的时候，当你向孩子嘴里塞着苹果的时候，当你和爱人悠闲散步的时候……"那段亲切的文字时，我们顿时明白了作者魏巍要表现的主题思想。

我抱着课堂作业上刘宝经老师家，每次胆怯进门恭敬地站着。他招呼我坐下，询问学员上课的反应，抑或谈些文学之类的话题。偶尔我会看见师母和他的女儿燕妮。师母是沂蒙"红嫂"家乡的一位奔赴边疆的戈壁母亲，身材高挑有气质，说话和蔼亲切；燕妮天生丽质，腼腆文静，孤傲高雅。不愧为一八一团的才女，于二十几个春秋创作了上百篇讴歌兵团十师一八一团的美文，她是我追逐文学梦标杆式的榜样。

刘宝经老师离休后，依然保持着艰苦朴素的优良传统，过着勤俭节约的日子，尽其所能关心和帮助他人。曾多次在国家遭受灾难时奉献爱心。尤其在汶川大地震时,已 80 岁高龄且患绝症刚动过手术的他,主动到社区办事处捐款。

刘宝经老师爱党、爱国的高尚品德在克兰河传颂,他的感人事迹激励着军垦后辈把绿洲家园建设得更加美好。

"身处边荒孺子牛,冰霜苦雨度春秋。高风亮节阿山雪,额水清波映月流"。(阿山指阿勒泰。)

啊,克兰河那亭亭的白杨……

## 瀚海胡杨

舒瀚老师是我高一语文老师,是我敬仰的师表。

五十年过后,舒老师上《触龙说赵太后》课文的情景依然鲜活、历历在目。遗憾的是,上完那堂课不久,我就离开学校参加了工作。

《触龙说赵太后》是一篇古文,为避免我们对古文的陌生感,尽快熟悉课文内容,舒老师用一节课的时间,把课文内容像讲故事那样从头至尾讲了一遍。他口音带有新疆口音,声音不高,语速缓慢，听起来很亲切。当讲到触龙和赵太后的精彩对话时，他绘声绘色，表情丰富。他用这样的授课技巧，把我们带入课文的故事中。下课铃响了，我们还沉浸在课文故事中，直到故事讲完才下课。

1972年元旦，早饭后全连集合完毕，连领导在队伍前做简短讲话后，我们背着行李、扛着枪，徒步拉练至克木齐一营。爬上小黄山一望无垠的雪原，在戈壁雪路上行走一小时，于二营十连稍作休息继续赶路。我越走越热浑身出汗，尤其脚上那双大头棉鞋，像灌了铅一样沉重，感觉每样东西都是负担。忽见有人将背包行李放在小爬犁上拉着走，行走很轻松，于是我一路琢磨着到宿营地做一个爬犁。

冬季天很短，快步行走于崎岖山路，太阳落山时到达克木齐，宿营地就在我母校中学。放下行李，我急忙去找舒瀚老师，请他帮着做个爬犁。

舒老师在校园木工房麻利地找到几块木板，一会儿工夫就做好了爬犁。看他熟练地锯木板、拿斧头钉爬犁的动作，我心里热乎乎、暖融融的不知说啥是好。

1977年秋季开学，我见到舒老师时，他正忙于办理调往云母矿学校的手续。这次相遇是意外的欣喜。在得知我被分配在母校任教时，他说："回母校好啊，离家近，也有你熟悉的老师。"他接着又说："大胆干，带过一个班啥都会了。"我转身骑车没多远，就听见他在喊我，我赶忙走近他。他说："姜国红知道吧？相信你会比她干得好。"说此话时，他饱含深切的期望。或许是因他在办理调动，我无意间流露的遗憾被他察觉，于是他又为我加油鼓劲。那番真诚的鼓励，为我迈上新的教学岗位增添了勇气和信心。

"人生何处不相逢"。二十四个春秋之后，我和舒老师重逢于天水。

2002年6月到达天水市的当晚，天水监狱举办迎接全省监狱摄影摄像培训班学员晚会。我想见舒老师心切，没参加晚会，就急切地找到舒老师家，见到久别的二位老师，喜不自禁。舒老师带我去一家餐馆就餐，他拿出一瓶好酒为我斟满杯："咱俩在天水见面真想不到。"说完端起酒杯和我一碰，高兴得一饮而尽。那晚他讲了阿勒泰一八一团许多的人和事，他绘声绘色地讲述就像说书一样，我听得亲切入迷、津津有味。我频频举杯和他畅谈畅饮，像久别的亲兄弟一样开心。因聊得开心竟忘记时间，直到店员提醒，我们才匆忙道别离开饭店。那是异乡重逢的喜悦，那是世间真情的言欢……

2016年7月去上海看望女儿，期间去浦东看望章振中老师（曾任一八一团宣教科长），再由他带我去探望舒瀚、沈秋兰老师夫妇。见到了舒瀚和龚丽娟老师，一起在小区合影留念，然后去饭馆请我吃饭。用餐间隙，我察觉舒老师已没有 14 年前在天水相见时的精神，沉默寡言，没一句多余的话。

2019 年 8 月 3 日，我和兄弟带母亲驾车去天水市。兄弟已约好和新疆战友团聚过八一建军节，我则要去看望舒老师夫妇，他俩正好从上海来避暑。次日安排好母亲，我找到舒老师的住处，坐了半小时才离开。晚上，舒老师打电话过来，说他次日要在我们下榻的饭店宴请我们。因兄弟已答应老母参加战友聚餐联欢，我婉言谢绝舒老师的盛情邀请。次日上午，舒老师带着新上市的天水白粉桃来宾馆看望母亲。在宾馆大厅简短地聊了几句，合影留念后道别。

人生有太多的遗憾，没想到天水道别竟成永别。得知舒老师于 2020 年 4 月 15 日与世长辞的噩耗，我心情无比沉重，与他相处的往事像海浪般一次次涌入脑海……

舒老师是一八一团知名老教师，他7岁跟母亲来到新疆生产建设兵团，在克兰河畔巴里巴盖戈壁瀚海长大，他经历了军垦父辈屯垦戍边的创业年代，见证了戈壁荒原变绿洲的辉煌历史。他热爱教育事业，无论是负责一八一团的中学共青团工作，还是在团牧场中学担任负责人，把全部精力投入到忘我的工作中。他从治理牧场中学校风校纪入手，早出晚归检查教师考勤、师生迟到早退以及各班级课堂纪律等，从每件事严格抓起，经过不懈努力，把一个乱糟糟的校园整顿得井然有序，校园面貌大变样。关心教师，关爱学生，把自己的宿舍让给大龄教师做婚房，自己却住在办公室，还把一件新买的衣服送给衣衫褴褛的学生……

由于家庭出身等原因，他积极要求入党受阻，还受到不公正待遇，参加打土坯、砌火墙的繁重劳动，几天下来腰酸背痛。可即便是在那样的处境下，他心胸亦如其名，像浩瀚的戈壁般宽广。他坚信党组织会给他一个满意的答复。果真没过多久，他实现了入党愿望，并且连续多年被评为优秀共产党员。

在天水市六中任教导主任时，他被抽调到基层农村做扶贫工作。在帮扶乡村，他出谋划策，解决村民的实际困难，做村民脱贫致富的贴心人，使脱贫帮扶成绩斐然。在他离开扶贫乡村时，村民们在村口含着热泪和他握手告别。回单位后，他被调往天水市五中任校长。

舒老师是新疆生产建设兵团的人民教师，他为边疆的教育事业做出了杰出贡献，把自己最美好的青春献给了他热爱的瀚海戈壁……

## 恩师田吉有

兵团岁月的一段师生情,终身难忘。

1975年9月,在连队小学执教的我,被推荐到一八一团"五七大学"师资班进修。

"五七大学"校址在良繁场和卫生队西南方向一块荒草滩上。学校建设要靠全体学员自己动手修建,学校开设师资班、赤脚医生班和农业技术员三个班。田吉有老师任师资班班主任,我被指定为班长。

田老师毕业于江苏南通师院,20世纪60年代响应祖国召唤支援边疆，被分配到团部中学教书。田老师身体硬朗，少言寡语，一旦说话掷地有声，常年穿一双咖啡色翻毛皮鞋，上身着灰色中山装，唯一的职业特征是他那副近视眼镜和那件中山装。

我和田老师同住团部中学一间宿舍，他家那会儿还在牧场中学，爱人路老师教小学课，还带着两个年幼的孩子。每逢周末或临时回家，他总要叮嘱饭票放在桌上，让我拿去用。在他不回家的日子，他总把火炉烧得很旺，好让下课回宿舍的我，有个温暖的屋子做作业。夜晚躺在床上，他会和我聊一会儿天。

1976年冬的巴里巴盖，天气格外寒冷。"五七大学"要求全员参加团直属机关周日拉石头的义务劳动。参加劳动者须带爬犁（雪橇），徒步去克兰河南岸五六公里处拉运石头。

近千人拉运石头的队伍，来来往往，行走于

白雪皑皑的雪路上,场面颇为壮观。拉运石头的人们穿着厚棉衣,冒着零下30℃的严寒,头戴皮帽,围着围巾,返回途中越拉越沉重,浑身发热冒汗,只好将皮帽、围巾提在手里,解开棉衣纽扣,低头弓腰用力将五六十斤重的石头,一步一步拉运到小黄山下修渠工地。

卸完石头回宿舍途中,棉袖、棉裤腿早已冻成硬邦邦的冰壳,胡须和眉毛也结成了霜。当拖着灌铅的双腿迈进宿舍时,一股热气扑面而来,屋内暖融融,火墙烫手,一大桶热水在炉板上冒着热气。此时浑身的疲惫瞬间消失,一股暖流涌遍全身,那是田老师的至诚之爱。

建校劳动于那年春天以打土块拉开序幕。农业技术班在前一年夏季打过土块,并盖起一幢简易住房。赤脚医生班和师资班在学校前的碱滩摆开了打土块的战场。

打土块定额:男学员500块、女学员400块。

打土块前一天，要先翻土，后用水泡约两小时。等泥土泡透，再用铁锹把泥巴翻成堆——堆起的泥巴闷一晚，第二天就可以使用。

师资班三个男生各编为一组，再带几个女生编为一组。女生们将土块模子摆放于泥堆前，我用铁锹将泥巴装进模子，铲平表面余泥，她们轮流端起模子，在七八米远的场地倒泥模。

因气温炎热、劳动强度大，几天下来，打土块的学员的胳膊、腰腿疼痛难受。其中许多人从未干过这种体力活。身为男子汉的组长，每天要用铁锹装2000多个模子，体力消耗可想而知。

田老师家从牧场搬入学校简易住房的时间，正是建校劳动如火如荼的日子。原本体质差的我，因建校劳动体力支出多，加上肚子缺油水，因而在砌墙劳动的关键时刻体力跟不上，尽管一顿能吃两个200克的馒头。田老师知道后，就让路老师做些有油水的饭菜，让我去他家去吃。

那是物资奇缺的年代，副食品供应要凭票证定量供应，即使有钱也买不到肉和油。但田老师办法多，人缘好。他不仅从本地弄些油和肉，还让姐姐从南京寄来一箱腊肉。路老师用这些腊肉常为我烹烧她最拿手的"油焖茄子"。每次做这道菜，她都会放很多腊肉。因经常能吃上有油水的饭菜，我的体能很快得以提高，在之后修建会议室砌墙、上房泥、抹墙泥等劳动强度大、重体力的劳动竞赛中，我带领的小组劳动进度始终名列前茅，这和田老师的关怀有直接的关系。

在实习的日子，师资班学员分散在二营、三营各学校实习点。田老师当时特别忙，连续几天听课、考核，了解学员的实习情况。在考核三营各实习点时，他专程到16连中学听了我讲课。第二天正好是星期天，他带我去营部老乡家打牙祭。

我分配到一营中学执教几年后。他被提拔为

团教育科科长后，工作更加繁忙，而且经常下营、连学校检查工作。可他无论来校检查工作多忙，都会抽出时间和我见面。我去团部办事也必去他家，田老师一家像招待贵客一样热情招待我。吃饭时一边给我夹菜，一边了解我的工作情况。临别叮嘱我要认真复习教学业务，争取早日转干。

后来我通过考试转干，又在几个寒暑假自学《汉语言文学》函授专业课程，获得大专文凭。

1986年年底，已调入临夏市的我，收到一封沈秋岚老师从一营中学寄来的信。打开信封，里面还装着一封信。田老师刚劲有力的笔迹赫然映入眼帘：

应尧：

您好！

分别已两月有余，不知你的调动问题解决否？我因工作单位九月十三日定，故未能及时去信，望谅！……

田老师来信感情真挚，他还专门询问父母身体和我工作调动的情况……

不经一番寒彻骨，怎得梅花扑鼻香。人生路上，总会有温暖的邂逅。

是田老师无微不至的关怀，让我经受了"五七大学"那样的淬火磨砺；是他无微不至的关怀温暖了我的人生……

## 我的启蒙老师

每个人总会在一生中遇到许多老师,而令你终身难忘的却很少。我小学一年级班主任张凤枝老师,是我终身难忘的一位好老师。

每逢教师节来临,我都会情不自禁地想起和她相处的那段美好而短暂的时光。

和张老师初次见面的印象,像一张永不褪色的旧照片。作为教师,她留给我的最初印象是为人师表。

20世纪60年代一个秋高气爽的开学早晨,

背着新书包的我，怀着喜悦的心情，从连队来到营部子女学校。朗朗的读书声从每个教室传出，我快步向教室走去。忽然，我发现教室门前有一位女教师，右手拿着一把笤帚，弓着腰在认真打扫着教室门前的树叶和垃圾。透过朝阳的光晕能看见她修长的背影的轮廓，却看不清她的脸。她不时用左手将快要垂到地面的长辫甩向背后。

当我好奇地望着她的背影正要走进教室时，却见她转过身，站起来，微笑着向我走来。"欢迎你，新同学！"她热情地说，随后牵着我的手走进教室，把我安排在座位上。那一瞬间，我才看清她长着一张细腻而白净的长方脸，两条又黑又粗的长辫子齐腰长，会说话的大眼睛始终微笑着。她身高一米七五左右，年龄大约在25岁，身穿一件双排扣花格呢翻领制服，款式得体大方。当时，我在心里说，我的老师是天底下最漂亮的老师。说来也怪，做了她的学生后，我上学前忐忑不安的心一下子静了下来。

发生在我身上的两件小事，至今我还清晰地记得。当时母校的环境十分艰苦，大部分教室都是简陋的民房改造而成的，而我的教室则是一座鸡舍改成的。既潮湿又阴暗，而且室内地面要比室外低 30 厘米。我们的课桌是一块长长的木板搭在用土坯砌成的两个土墩上，而小凳子要靠学生自己解决。由于家里没有小凳子，我只好找了些土坯垒成"凳子"。张老师见状悄悄回家拿来了她家里唯一的小凳子让我坐。

由于母亲病重住院，家中经济十分拮据，开学后的一个月过去了，而我的学费一直没着落，课本也因此没发到手中。细心的张老师发现后，安排我与同桌的女同学合用一套课本，这才解决了我当时学习上的困难。对此，我内心充满了感激。

一学期很快过去，我们班的统考成绩、纪律

以及卫生等方面的评比中名列全校第一。可我知道，这些成绩的取得不知耗费了张老师多少心血。

那时，张老师有一个幸福温暖的家，有丈夫和两个可爱的孩子，还有一个年迈多病的婆婆。两个孩子大的不满三岁，小的不满一岁。老的老，小的小，作为母亲、儿媳、妻子等多重角色的她，要等我们放学后才急忙赶回家给孩子喂奶，然后做饭忙家务。尽管生活非常艰辛，教学工作十分辛苦，家务也十分繁重，可张老师总是乐观地面对这一切。

她的组织教学能力和课堂授课水平都很高，带班能力也很强。她经常在课外活动时间给我们讲故事，和我们一起玩游戏。在欢乐的玩耍中增进了师生感情，增长了知识，增强了班级的凝聚力。

在第二学期开学的第一节课，全班同学都在

静静地等待张老师来上课。然而等了半小时，却等来了校长，他沉痛地告诉了我们一个不幸的消息："我们敬爱的张老师因病去世了。"这个噩耗犹如晴天霹雳，使我们无法面对和接受。整个教室顿时哭声一片，同学们悲伤到了极点。那哭声中饱含着全班同学对老师的一片哀思。许多同学自发地用小剪刀剪出许多小白花佩戴在胸前，以这种方式来追悼我们的好老师。

事后，我们才知道了张老师去世的原因。原来张老师为了调剂家中的生活，按照老家传统习俗做了些面酱，不料吃完后却因食物中毒住院，未能抢救过来。当时张老师在巴里巴盖团部卫生队住院。因路途遥远，我们年龄小，谁也没能去看她一次，也没能见上最后一面，这成为我终身的遗憾。从此我的母校失去了一位年轻而优秀的教师，而我却失去了一位可敬可亲的班主任、好老师……

敬爱的张老师去世于那个贫瘠且医疗技术落后的年代。她把青春年华献给了新疆生产建设兵团的教育事业。她像一支蜡烛一样点亮了我们幼小的心灵。

此刻，想告慰老师：我在您工作过的子女学校，继承了您未竟的事业，成为新疆兵团中学的一名教师。

"长大后我就成了你"。

## 卢沛阿姨

20世纪60年代第二个春天,克木齐一营三连出现了七八个上海"阿拉"。后来才知他们是十师政干校即将结业下基层锻炼的上海知青。

她们的到来,让一向冷清的连队平添了生机和活力,于是笑声阵阵,歌声飘扬。她们中的上海女知青卢沛、李光英是连队最活跃、最靓丽的两位。她俩不仅漂亮,而且活泼大方。三连一班当年是兵团十师的产粮标兵班。她们下连锻炼就分配到父亲所在的一班。

父亲是当年连队数得着的文化人，在劳动休息时，卢阿姨自然与父亲聊得最多。由于父亲个高而瘦，且年长几岁，所以卢阿姨称父亲为"大老刘"。

我认识卢阿姨，源于她来我家教父亲学手风琴。还记得第一次见她的模样：苗条的身材，清秀中透着书卷气，高挑的个子，穿一件浅色对襟朴素外套。一进家门，她和父母打过招呼，就亲热地把我拉到她跟前，用手抚摸我的头，问这问那。见到她，我像见到久别的亲姑姑一样，感到格外亲切和温暖。大约半年时间，卢阿姨即将结束锻炼离开连队。临别的那些日子，她常来家中辅导父亲学手风琴。一张用毛笔抄写在大白纸上的《马兰花开》练习曲曲谱贴在墙上。每天早晚，父亲都要对着练习曲曲谱练几遍。卢阿姨教父亲拉琴的姿势很优美，琴声悦耳明快。她的表情和神态，俨然是在舞台上尽情表演。

从此，《马兰花开》悠扬的旋律和卢阿姨拉琴的神态，永远定格在我的记忆中。

卢阿姨和我初次离别是在老营部子女学校。或许她离开连队时没见着我，于是在老营部短暂停留的空隙，专门来到学校，在课间玩耍的学生中找到我，并将早已准备好的几支戴黄铜帽的崭新的铅笔和一个彩塑玩具送给我，并说她是特意来告别的。

我一听垂下头，眼泪扑簌簌地落下，伤心得连一句话也说不出。她立即掏出手帕替我擦掉眼泪，并安慰我说，她会抽空来看我的。匆匆的告别只有几分钟，而那个情景却温暖了我很久……

和卢阿姨分别的第二年深秋，我在期盼与思念中等来与她的第二次见面。她是随秦剧团下基层巡回演出时顺便来看我的。秦剧团的卡车一到营部，她就赶忙跑到学校来找我。见面后她亲切地喊我的乳名，然后迅速从提兜里拿出一个浅粉色塑料封面的笔记本递给我。笔记本首页写着"送给小如意，留念。卢沛"几个清秀的钢笔字。

当年同学中有笔记本的还未曾见过，多数同学和我都是用废弃的化肥牛皮纸袋装订的本子当笔记本。我如获至宝，将那个心爱的笔记本小心翼翼地珍藏了很久。

记得冰雪覆盖下的连队，四周白茫茫一片。听说秦剧团要来连队演出，我从两三公里外的青圪崂（老三连）跑到新连队俱乐部前等候了三天。第三天下午六点左右，两辆卡车停在了俱乐部门前。

我像小鸟似的向卡车飞奔过去。卢阿姨在卡车上发现了我。她跳下车，背着手风琴，围着一条咖色毛围巾。见我过来，她立刻从挎包中拿出一本崭新的《青年英雄谱》给我。她还没和我说完话，就被同事叫去忙演出前的准备工作了。

可我哪里知道，那是我见卢阿姨的最后一

面。这一别竟杳无音信了 40 个春秋。

自那次和她分手后,那本《青年英雄谱》就成了永久的纪念。在那个缺少书报的年代,它为我打开一扇明亮的窗口。书中的董存瑞、邱少云、杨根思等青年英雄人物,一直激励着我成长。

在那个艰苦的年代,尽管生活十分艰难,连队的文化生活却很丰富。每逢元旦、春节,连队都会排练许多形式活泼的文艺节目。

而我和父亲还能惊喜地收到一份卢阿姨寄来的特殊礼物:我的礼物是一张精美的贺年卡,父亲的礼物是《杜甫》《陆游》《李白》等单行本文学书籍。

步入不惑之年的我,对卢阿姨的思念愈加浓烈。2003 年深秋的一天,舒汉老师从天水打电话告诉我,他打听到了卢阿姨的住址和电话号码。多年的苦苦寻觅,终于有了结果。怀着"近乡情更怯"的心情,我拨通了卢阿姨家的电话。

由于激动和兴奋，当时拨电话的手在颤抖，呼吸也在加快，喉咙好像被什么堵塞了一样，哽咽着说不完整一句话。通完电话，百感交集，任泪水肆意流淌……

2004年春节前夕，我们惊喜地收到了一封久违的贺年卡。

大老刘、嫂子：

首先给你们拜个年！祝您全家新春快乐、身体健康！接到如意的电话后久久不能平静……克木齐的往事又浮现眼前。我感谢一生中帮助我成长、真诚关心我、鼓励我的兄长、朋友。这一切是我能在工作中做出贡献，能在生活中不畏困难、正直、诚实、快乐地面对人生，这是最大、最宝贵的财富。所以我深深地感谢你们！

知道你们一切都好，深感宽慰，希望你

们多多保重，欢度幸福晚年！

祝

一切好！一切好！

卢沛

2004年1月

看了卢阿姨的贺年卡，我和父亲心中充满了久违的感激与激动。无疑，这是那个寒冬日子里最厚重深情的一份温暖，也是2004年新春佳节，我家最珍贵的一份礼物……

同年四月，父亲报名参加了夕阳红旅游团，去华东地区旅游。在我的精心安排下，两位饱经沧桑的老人终于在黄浦江畔见面。见面后，他们有太多太多的话要说，彼此询问和了解40载离别后各自的生活和工作情况。然而，就在告别时才发现，一桌饭菜竟然没动几筷子……

人的一生会遇到许许多多这样、那样的朋

友，但邂逅像卢阿姨这样的人却少之又少。遇上和结识她，是我和父亲一生的荣幸和财富。

是她给童年的我，送来了人世间最珍贵的爱；是她给艰苦年代的父亲，奉献了弥足珍贵的精神慰藉；是她点点滴滴的爱，启迪了幼小、纯真的童心向善、向上……

# 戈壁青春

对上海知青，我一直怀有敬佩之情。或许，这源于我的童年、少年、青年时代，成长于新疆生产建设兵团的缘故。我收到新疆生产建设兵团十师的上海知青编撰的《北屯情》回忆录，一口气读完，感觉它厚重而情浓。

一幅幅岁月沉淀的黑白照片，一篇篇饱含深情的回忆文章，无不诉说着十师上海知青热血献兵团、青春献戈壁的光辉历史。

20世纪60年代初,童年母校的教室是旧土坯房改造修建的。两个土墩中间搭一块长木板是课桌。老师的讲台是土坯泥墩子。十五六位老师挤在20平方米的一间办公室里。全校师生共用一个露天土厕所,没隔栏、没房顶,下雨上厕所十分困难。接连几场大雨,校园内一片泥泞,课间操和体育课都无法进行。在条件如此简陋的环境中,其艰苦程度可想而知。

但是,就在这样教学环境简陋的子女学校,却有一支闪耀着青春魅力的上海知青教师队伍。他们来自文化底蕴深厚的上海,具有良好的素养,并具备一定的文化知识。母校当年的上海知青老师有沈秋岚、刘治辉、罗静文、龚丽娟、程炎、徐惠雅、陆仁蒲、顾金安、杨锡元等。那时他们朝气蓬勃、风华正茂,仿佛校园旁高高耸立挺拔的白杨。

尤其是6名上海女知青老师,更是校园里一

道亮丽的风景线。她们是母校的骨干教师，亦是带班的佼佼者。她们衣着朴素整洁、年轻漂亮、和蔼可亲，是童年记忆里抹不去的温馨。

润物细无声。上海知青老师孜孜不倦、为人师表的道德风范，像飘扬的旗帜，像无声的灯塔，潜移默化，熏陶着我们天天向上，健康地成长。

1976年，我被团师资班分配到一营中学执教。在执教的10个春秋里，我和许多上海知青老师相遇相识。他们来自基层连队，有的当过连队的会计和统计员，有的当过连队的文化教员和小学教师。童年母校的几位上海知青老师沈秋岚、程炎、顾金安、陆仁浦，成为我执教的前辈与同行。

之后相遇的沈茅浩夫妇、张树林、熊家伊等上海老师，以及在连队小学教书的刘翠珍、杨蓉蓉老师，团宣教科科长章振中、音乐老师潘鹤林，都是我所熟知的上海知青教师。

上海知青教师遍布兵团十师,甚至各农牧团场的连队、学校、矿山。他们在自然环境恶劣、教学条件十分简陋的学校,克服教学困难,勤工俭学,兢兢业业,教书育人,为兵团培育了千万名军垦二代、三代接班人,可谓桃李满天下。

我童年时接触上海知青,是在1963年读小学时。有天放学走进连队,忽然发现连队大院里出现了八九个城市模样的年轻人。

后来才得知他们是十师政干校下连锻炼的上海知青。他们的到来,为父亲的连队平添了平日少有的蓬勃朝气和青春活力。从此,连队的夜晚有了悦耳的歌声和悠扬的琴声。

在我印象中,他们中修养好、文化程度高的,当数落落大方、性格开朗的卢沛阿姨。她的手风琴拉得相当专业。听说她是上海交响乐团团长的女儿。

1965年前后，父亲所在连队陆续分来许多上海知青。他们是沈志龙、胡三省、瞿银琪、姜尔宝、华慧祥、符帮锦、陈雅珍、陈炳花、张红英、陈金娣……

经过二十多年的风霜雨雪磨砺，父亲所在连队的上海知青，从最初的娇弱、稚嫩，逐渐锻炼得健壮有力，成熟稳重老练，成为连队农业生产的骨干力量，青春在屯垦戍边、建设边疆的理想中升华。

"为什么我的眼里常含着泪水？因为我对这土地爱得深沉……"

十师的上海知青撰写出版的《梦归阿勒泰》《戈壁嵌影》《人生随笔》《沙枣树》等诗文书籍，是他们青春奉献边疆、闪光人生的真实写照。

知青吴宝俭在他回忆录里描述初到北屯政干校的情景:"……政干校除了校舍其他一无所有,刚建的校舍室内墙泥还没干,有窗框无玻璃,有门框无门扇。为了挡风遮寒,同学们只好用自己的床单挂在门窗上。约 12 平方米的宿舍,火墙和炉子占了一大块地,还要住四五个人。因无床,只能睡地铺。20 世纪 60 年代,北屯的天气可真寒冷,因门窗不全,冻硬的墙泥一夜间经学员们体温融化又成了稀泥巴……"

知青荣姬描述当年创业的艰苦情景:"午饭是什么?捡来柴火燃起一堆大火,每人将自己带来的馒头(零下 20 多摄氏度,一个馒头就是一个冰疙瘩)扔进火中,估计差不多了,用小棍将馒头拨出,双手捧着很烫,又有灰,于是两手拍打一阵就吃了。烤得好的,外焦里软;烤得不好的,要么外面尚可,里面还结着冰,要么外面一层已成了黑炭。吃完后一个个都成了'乌鸦嘴'……"

"繁霜尽是心头血，洒向千峰秋叶丹"。十师的上海知青无论身处多么艰苦的环境，遭遇怎样的人生挫折和打击，他们都没动摇过当初的选择和信念。

20世纪80年代中期，他们陆续回到了家乡上海，颐养天年。但是，他们虽在上海，可内心深处依然在新疆，而且从未忘记边疆，忘记兵团。他们依旧眷恋着、怀念着兵团，依旧牵挂着那片魂牵梦萦的热土……

2000年前后，步入古稀之年的十师的上海知青多次组团，像回"娘家"一样，一批又一批重返新疆生产建设兵团。他们在十师各团场、学校、连队、牧场，寻找当年生活过的旧居和宿舍，寻找当年的"老军垦"、老房东、老领导，和他们合影留念，共叙连队情、邻里情、师生情、牧马情、战友情……

久别重逢的日子，上海知青像过节似的热闹。他们如同久别回家的孩子，脸上挂满笑容，说不尽的贴心话，道不完的离别情……

在十师团场和各单位组织的上海知青接风宴上，他们与两鬓斑白的老领导、"老军垦"互相拥抱、举杯畅饮、开怀畅谈、起舞高歌、喜极而泣……

在夕阳晚霞的辉映下，两鬓斑白的上海知青和满头银发的耄耋"老军垦"，互相搀扶走进戈壁绿洲，走进军垦新城，走进一幢幢连队的花园式农家庭院。看着眼前翻天覆地的变化，他们感慨万千，笑逐颜开，宛若戈壁绿洲绽放出的一丛丛沙枣花，芬芳灿烂……

## 难忘那拥有自行车的日子

随着汽车和电动车的普及，自行车似乎已不被当今社会所关注，而它在我心中依旧斑斓如初，余韵悠长。

20世纪60年代末，我的同学谢秋实，全家从石河子调到连队。正值夏收季节，他用一辆自行车往家中一次次驮麦草。对此，我不屑一顾，因为在连队长大的孩子，背一趟麦草比他骑自行车驮六七趟还多出许多。然而那辆自行车却让我心里痒痒了很久。

工作后的 1972 年春天，值班连的羊群在克兰河羊圈产羔，因人手不够，临时抽调我去帮些日子。

帮忙的日子里，羊圈饲草垛旁一辆锈迹斑斑的自行车吸引了我，于是，工作之余和饭后，我就抓紧时间围着羊圈和草场学骑自行车。由于从未摸过自行车，我不得要领，一上车就摔倒，摔倒了再骑上。手背、胳膊和膝盖多处摔伤出血，衣裳也弄得脏兮兮的。但我顾不了那么多，我担心突然回连队，会错过学骑自行车的机会。

次日，我又接着练，渐渐地，手和脚以及身体的协调性越来越好，摔跤的次数也越来越少。我终于用了两天的空余时间学会了骑自行车。那一年，我 18 岁，也是我信心和恒心的历练。

1973 年，商品供应十分紧缺，尤其自行车、缝纫机、收音机之类家用商品，就更难以买到。父亲千方百计托人买回的那一辆永久牌自行车，成了我家的宝贝。

新车推回家那天,我和兄弟高兴得合不拢嘴,一会儿拨弄铃铛,一会儿用抹布擦车。两人爱不释手,不知摸了多少遍、擦了多少回,再把车子推到公路上,来回骑几趟,还觉得不过瘾,又骑到连队篮球场上转了几圈,虚荣心得以满足,也让篮球场上的人羡慕不已。那个年代,在人们眼里,若是谁家有一辆自行车,那可是一件相当体面的事。

没过多久,我骑车去营部商店买货,顺便过过车瘾。不料,在过阿克大渠便桥时,一紧张连人带车掉进水渠,顾不上衣裳被打湿的狼狈相,急忙把车推上渠沿,又赶紧看看车子摔成啥样。还好车摔得不严重,只是脚踏板被摔歪了。回家路上,我一边走,一边用抹布不停擦拭渠水浸过的痕迹,一连几天心惊胆战,生怕被父亲发现而责骂。

1978年10月9日，当年那个用自行车驮麦草的同学，以优异的成绩，应验了他的名字——春华秋实。秋实金榜题名，我按捺不住兴奋，立刻放下课本和教案，从办公室快步去他家，与他父母一同分享喜悦。

次日，骑车送行的情景恍若昨日。

那天，我们各骑一辆自行车，载着行李和提包向阿苇滩机场骑去。沿途条田玉米金黄，公路两旁沙枣缀满枝头。一路心情舒畅，不觉就到了机场。候机厅里，两人沉默无语，似有许多话要说，可不知从何说起。

登机铃声响起，握手告别时，他突然从衣兜里掏出一支英雄金笔放于我手中，深情地说："这支金笔随我多年，留个纪念吧！"随即他转身向飞机舷梯跑去……

我怅然若失，随即将他的自行车绑于我的自行车后货架载回。

1985年，我所带的初三毕业班面临统考，为缓解学生心理压力和疲劳，我带全班学生骑自行车去20多里地的戈壁滩游玩。40多名学生、40多辆自行车，宛若长蛇游动于戈壁。

20世纪80年代初，我家生活水平逐年提高。每逢腊月年关，我都要骑自行车到阿勒泰市置办年货，将新鲜的青椒、蒜薹、黄瓜等蔬菜买齐，装满一大提包，于皑皑白雪的山路上驮回。

遥想那些年，我家年夜饭餐桌上的丰盈，皆归功于那辆自行车。

调回内地，那辆与我有着深厚情感的自行车，和其他家具一起，从遥远的边疆辗转千里运回。还是那辆自行车陪我上下班，陪我接送女儿上幼儿园和小学。后来它不幸落入贼人手中，让我难受了很长一段时间。

自行车与过往的每个家庭都有一份无法替代的情愫，它承载着"50后""60后""70后"

几代人的记忆，以及与之鲜为人知的故事，悄然淡出了我们的视线。

随着私家车进入百姓家庭，城市交通拥堵十分严重。政府增设共享单车站，有效缓解了这一矛盾。不经意间，自行车又显露于街头，从幕后走向台前。

蓦然回首，那道令我流连忘返的风景，依然鲜活；那如潮水般涌过的自行车洪流；那骑自行车穿梭于马路的一对对恋人；那办公楼与学校前摆放自行车的画面，多像一幅镌刻时代印记的版画，永远定格于时代记忆的画卷中，那样绚烂、靓丽而夺目！

## 瓜地青春

工作后的第四个春天，我在克木齐三连瓜地班上班。

瓜地班有三个男人，其余全是妇女。班长是湖北籍中年男子，"瓜把式"则是种瓜半辈子的孙老汉，而我是20岁刚出头的毛头小伙。

瓜地班春天的劳动序幕是开瓜沟。在离连队较偏远的东滩地，我牵一头拉犁铧的健壮黄牛，班长和孙老汉跟在牛后面，轮换着扶犁把。随着黄牛拉犁铧徐徐前行，一条S型瓜沟闪现于身后。

八九个妇女拿着铁锹、刨耙紧随其后，用刨耙把犁出瓜沟的土翻于瓜沟两侧，再用铁锹拍平拍实。

在犁第二条瓜沟时，黄牛耍起了牛脾气，喘着粗气，站在原地一动不动。我用力拽鼻绳，它不但不走，而且用牛角瞬间把我挑起，摔到地上，速度之快，令人猝不及防。

眼前的一幕，把班长和孙老汉惊呆了。没等他俩反应过来，恼羞成怒的我迅速站起，用鞭子抽打黄牛，而它却纹丝不动。班长气不过跑过来，抓起一根木棍狠狠地教训了黄牛一顿。班长、黄牛都喘着粗气，而我亦是气呼呼的。

休息半个钟头后，班长来到黄牛前，左手抓牛鼻绳，右手摸了摸它的耳朵和脑袋，然后牵着它继续干活。奇怪的是，黄牛又恢复了先前的乖顺。

瓜沟整好以后开始灌水，等整块地的瓜沟被

水浸透后，停水两天就开始播种瓜子，一周后瓜沟埂上便长出了嫩绿的瓜苗。之后是松土、施肥、浇水、压秧、打杈……当瓜秧爬满瓜沟间的空地，瓜秧结出的小坐瓜由最初樱桃般大小，迅速长大，一天一个模样。

随后我惊奇地发现，瓜秧上的茎叶宛如仙女托翠盘，亭亭玉立。朵朵雄花在瓜秧的茎叶间，像号手争相高歌；那毛茸茸鸡蛋般大小的西瓜，真惹人喜爱，不由得想用手摸一摸、用嘴亲一亲……

瓜熟的日子眼看就到了，班长指挥全班在瓜地旁搭起一个看瓜的棚子，里面还支起两张床，看守瓜地的任务就落在我和孙老汉身上。

瓜熟时节，一天能有六七辆汽车来拉瓜，光靠"瓜把式"一人摘瓜显然来不及。班长说次日摆擂台，考考三人的辨瓜技术，再增补一名新的"瓜把式"。

摆擂台的前一夜，我躺在床上睡不着。忽然想起距连队五里路远的阿苇滩园林队有个老汉，听说他是和瓜打了一辈子交道的"老把式"。第二天，我告诉班长要回一趟家。到家后，我骑车过去，在阿苇滩园林队找到了那个老汉。

那个老汉见我这个陌生的汉族小伙拿着礼物走进他屋子时，惊诧地让座。等我说明来意后，他爽快地答应了。喝完奶茶，他领我去瓜地。

那个老汉在瓜地仔细寻找，然后用手指给我看一棵瓜秧和一个西瓜，说："瓜秧根部与西瓜之间如有四根瓜须枯黄，就说明西瓜已熟了。"

他摘下那个西瓜，抱回屋用刀切开，果真瓜熟得正好。自那一刻起，我学会了在瓜秧上鉴别瓜熟程度的技术。

次日摆擂台如期进行。班长说，我们三人各摘两个西瓜当场展示。竞赛结果：我摘的瓜最熟，其次是"瓜把式"，第三名是班长。

班长赞叹地说:"这个小刘还真看不出,竟有这样好的挑瓜技术,真不简单!"

我谦虚地说:"瞎碰的!"

从那天起,我成了新补选的"瓜把式"。

瓜熟的日子,天气格外炎热,然而瓜棚前却十分凉爽。口渴时摘一个西瓜吃,顿时清凉传遍全身。

我那时的心情,宛如瓜田里碧波荡漾的绿色,凉爽中夹着丝丝的清香。瓜棚前出现了少有的热闹,买瓜的人络绎不绝,像赶集一样。

一天,瓜地来了两位清纯美丽的少女,胳膊上戴着袖章。原来她们是参加连队夏收的高中生,班长吩咐我招待她们。我立刻挑了两个上好的西瓜招待稀客。

吃瓜的时候,我随意抬眼,瞅见其中一位丁香般的少女正望向我。那一刻,恍若云霞般灿烂,瞬间的光亮融化了我……

此后的瓜地到处都藏着我心痒痒的快乐。无论冬夏，总能在营部露天放映场见到她的身影。后来，在中学任教的我，在校园里又见她的笑容，如太阳花那般灿烂。

但那时我匆匆忙于教学。再后来，她也匆匆去工作了。

总以为人生只有相聚，谁想到原来还有错过，还有遗憾，还有来不及。

错过最初求爱的勇气，便留下一生的遗憾和无尽的思念……

瓜地里的青春，已过去很多年，但我仍忘不了她望向我的那一瞬间，忘不了她的笑容如太阳花那般灿烂。

那个夏天，瓜地里的青春，一直铭记在心……

## 连队的能工巧匠

马郁民的屠宰技术在当年克木齐三连首屈一指，没人是他的对手。他是当年三连的能工巧匠。

阿勒泰的 10 月，是滴水成冰的严寒季节。此时，每年上缴牛羊肉的任务也将开始。白雪覆盖下的连队四周静寂无声，唯独连队的临时屠宰场格外热闹。买牛羊下水、牛骨头的人以及观看屠宰牛羊的大人、小孩，把屠宰场围得水泄不通，仿佛在观看一场马戏表演。

连队指定屠宰牛羊的工匠：一个是马郁民，

一个是马成虎。俗话说，同行是冤家。马郁民干活儿时经常用大嗓门对旁边的马成虎调侃，时不时还来一句开涮的话，让围观者笑声不断。

观看马郁民宰羊，就像看杂技表演，那一招一式，环环相扣，干净利落。只见他快速将宰好的羊后腿用左手抓住拉直，再用利刃在羊腿膝骨处划半圈，然后用双膝夹住羊蹄，右手用刀在羊腿内侧挑起一刀拉至腿根。待羊皮与肉分离后，用嘴将刀衔住，左手抓蹄，右手握拳在羊皮和肉之间，用拳头快速连蹭几下至羊腿根部。其余三条腿也按此法依次剥离后，将整只羊倒挂开膛，翻出肠肚移至一边，三下五除二将羊下水中的粪便倒掉，再用水冲洗干净。

当马郁民宰好第二只羊，并剔出两条后腿时，马成虎才把第一只羊收拾完。据记载，马郁民曾创下一八一团当日宰羊41只的最高纪录，这在当年一八一团乃至阿勒泰地区也是罕见的。

观看马郁民宰牛的过程，要比他宰羊更让人瞠目结舌、唏嘘不已——仿佛"庖丁解牛"再现。和宰羊相比，宰牛的场面要惊险得多。牛的力气很大，几个身强力壮的人也很难将一头牛拉倒。然而马郁民却有一套绝招。

只见他将一盆冷水泼在地上，待结冰后，把牛牵到冰上。再用绳索将牛的四条腿拴成活套，用力一拉，嘭的一声，牛翻倒在地，然后他将一根碗口粗的木杠插入牛蹄之间，旁边的两个帮手用力压住木杠下的牛身体。这时他麻利地用左手往后掰牛头，双膝和腿部压紧牛头，同时右手持利刃快速割断牛颈动脉放血，直至牛断气。

这时他缓缓站起身，端起大茶缸"咕咚、咕咚"喝完大半缸茶水，仿佛拳击场上的冠军，环顾四周，提高嗓门向一旁正忙碌的马成虎撂出一句逗人的幽默。顿时围观者笑声四起，惊飞了在麦草垛上觅食的麻雀。

宰牛工序中的剥牛皮、开膛、拾掇下水和宰羊环节没什么不同。但要把一头牛的肉完整地分离剔下，并卸下一副牛骨架子，那也绝非一件容易的事。

把整张牛皮和牛骨架分离后，他拿起斧头，用斧刃把肋骨上端的软骨逐个劈裂，然后用斧背往下砸肋骨间连接的肌肉，待两侧肋骨与肌肉分离至脊椎部位时，再把四条牛腿骨沿骨膜剔下。等把几大块剔下的牛肉挂在木架上，牛皮上只剩下一副白森森的牛骨架，然后他把一根根肋条、脊椎骨沿骨膜解完堆放在一起。

在那个缺油少肉的年代，油和肉是稀罕物。能在冬季买到一副羊下水或牛下水，或者一副牛骨头，那可真是一种奢望与满足，会让一家人兴奋小半年。

会计划过日子的人家，把买回的牛下水或牛骨头清洗干净后，分成许多份，冻在自家小库房里。在寒冷的冬季闲暇时，取一份放在锅里用柴火慢慢炖煮，再将牛杂碎或骨头熬出的汤中浮于表面的一层油花，一勺勺撇在碗里，晾凉结块后储存起来，以备炒菜和做饭时使用。

20世纪80年代，日子逐渐好起来。连队各家过冬前总要一家或两家买一头牛用作冬储肉，还要宰几只羊。

此时，马郁民早成了连队的"香饽饽"。经常有人登门约他宰牛，他很乐于接受并赴约。大家给他的劳动报酬，则是各家宰牛后的牛头和牛蹄。等把连队预约的牛全宰完，他家小库房也装得满满的。

天晴的冬日中午，马郁民在自家房屋旁悠闲地烤着牛头牛蹄。他坐在小凳子上，用火钩和火钳不停转动牛头牛蹄，再把燎好的牛头牛蹄用刀刮干净，没燎干净的牛耳或牛蹄甲再用烧红的火钩烫几下。直到把牛头牛蹄表皮刮得金黄，他才满意地歇一下，再端起大茶缸喝上几口酽酽的茶。

马郁民燎牛头、牛蹄的技术堪称一流，绝无炸口现象。把牛头牛蹄燎好后，再用几大壶滚烫的热水一遍遍清洗干净，晾干水分后，再剁成巴掌大的块，储存在小库房备用。

马郁民家的马姨老家在甘肃广河买家巷，因不识字，她给老家写信就由父亲代笔。每次约父亲去写信，马叔总要提前煮一大锅香喷喷的牛头、牛蹄肉招待父亲。有时还请我们一家过去共享美食。

马郁民在可可托海有色金属矿区，曾创下几百人吃一大锅羊肉抓饭的奇迹。可以想象：那要用一口多大直径的大锅，要用多高的钢架吊起并固定那口大铁锅，应该用几百只大尾羊、几百斤大米、几百斤胡萝卜……

在那个激情燃烧的创业年代，在艺高人胆

大、大胆创举的背后，又有多少人知晓他敢想敢干的精神，以及他超乎想象的作为。

我和父亲的新疆抓饭手艺，均得益于他的真传。

从小成长于北疆大漠的人生经历，造就了马郁民豪爽善良的性格。他那洪钟般的大嗓门、他那慈祥的音容笑貌，深深地定格在父亲所在连队的记忆里……

## 怀念马叔

马文华叔是我家在新疆生产建设兵团时交往很深的老乡和邻居。他的老家在甘肃临夏州东乡县（东乡族自治县）。至今，他的儿女们仍生活在兵团。五十多个春秋过去了，两家在贫瘠年代和患难中建立的深厚情谊一直保持至今。

马叔身材魁梧，力量过人，为人直爽忠厚，乐于助人。他不仅在连队中有威信，而且在连队中也有口皆碑。

那时的连队各家还在点煤油灯。马叔时常吃

过晚饭来我家与父亲聊天。因父亲有文化，而且肚子里装着不少临夏家乡的故事。马叔来我家不坐凳子不坐炕，也不抽烟，一进门背靠墙，蹲在窗户下。父亲坐在床边与邻家串门的叔叔一根接一根抽着烟叶烟卷，在云雾缭绕呛人的烟味里，讲述着故乡遥远的故事。那时才知道家乡有个东乡县（东乡族自治县）。

阿勒泰的冬季漫长而寒冷，那时一年四季做饭和冬天烧火墙取暖用的都是麦草、玉米秆之类的作物秸秆。因而各家房前屋后都有一个柴火垛。每到夏秋季节，家家都要为储备柴草忙一阵子。尤其在夏收时，各家的大人孩子都会去收割完的麦田背麦草。一块块麦田里，堆放着联合收割机的草箱倒出的一座座小山似的麦草垛。一个草箱的麦草至少有十五六立方米房间那样大，一般的人要用三至四次才把一草箱麦草背完，而马叔却用一根皮绳就把一草箱麦草全部捆好背完。

当他背着麦草往家走时，路过的人就像看见一座小山在移动。

一直纳闷马叔坚硬的骨骼与力量从何而来？直到有次坐车经过东乡县（东乡族自治县），我才恍然大悟：是东乡那座巍峨的大山铸造了他的骨骼，是东乡厚重的泥土给予他过人的力量……

马叔不仅有一颗仁慈善良的心，而且还乐于助人。有一年冬天雪下得很大，雪停后积雪又把上山的路封死了，几天之内根本没法通车。舒瀚老师急着回云母矿学校，情急之下他想到了当时在连队马号当班长的马叔。当舒老师向他说明情况后，他立刻将一匹健壮的马牵出，并让舒老师骑马赶回单位。2002年我去天水市出差拜访舒老师，与他聊天时，他依旧心怀感恩地向我讲述了当年那件事。

有一次，他赶着马群路过克木齐镇时，向一户人家讨水喝时，见那家十分困难，主人的媳妇坐月子的炕上竟没有一条褥子。回来后的第二天,他就把自己家里存放的一条新褥子送了过去,那家人感动得不知道说什么才好。

在缺油少肉的年代,每年秋季,他不辞辛苦与父亲搭伴去很远的地方买洋芋,以解口粮不足的燃眉之急。怕被连队执勤的民兵发现,他们只能天不亮就出发,天黑后很晚才回来。

2001年秋季的一天傍晚,父亲突然打电话告诉我,马叔来家里了。我听后又惊又喜,立刻在餐厅安排了一桌丰盛的饭菜,等候他的到来。然而当马叔一家三口走进餐厅的一刹那,我惊呆了。眼前的马叔简直变了一个人:满头华发、白胡子,背与腰弯曲得像一张弓。马姨也让我差点认不出她来。我赶忙上前握住马叔的手,含泪说:"大叔,您怎么……"他却乐呵呵地说:"是啊,人老了呀!"一阵辛酸与悲伤掠过心头,我哽咽着,半天说不出一句完整的话。马叔因第二天去东乡老家念"亥听"急匆匆走了，而我心里却难过了很久。岁月的风霜磨掉了当年那个身材魁梧、力量过人的马叔，却把他雕刻成了一张弯弓，他将五个儿女抚养成人，并为他们成家立业，他们不就是这张弯弓射出的五支箭吗？

像马叔这样来自甘肃、青海、湖北、湖南等五湖四海的好男儿，在兵团有千万个，他们把一腔热血和青春奉献给了屯垦戍边的伟业。

2013年我两次去新疆，专程去看马叔。见他身体比上次来临夏时差了很多。近日与马叔的两个姑娘通电话，告诉她们天热后陪父亲回一趟老家。

我期盼着马叔早一天来临夏。更希望他能去看看日思夜想的东乡老家。近几年东乡县（东乡族自治县）的巨大变化，定会让老人家高兴得合不拢嘴。

多么希望马叔能尝尝家乡的盖碗茶，吃一次

东乡的手抓肉,再和我们拉拉家常、叙叙旧……

和马叔的姑娘通话的当夜,我做了一个梦,我梦见马叔变成了一座东乡大山,那山瞬间与东乡龙脊山脉融为一体……

## 牧马人刘国君

我的一八一团值班连战友刘国君,是新疆生产建设兵团十师的上海知青。他不是人们所熟悉的电影《牧马人》中的牧马人,而是现代版、活生生的牧马人。

在42年的兵团军垦生涯中,刘国君种过地、放过马、扛过枪,当过兽医、兽医站站长。

1964年,只有17岁的刘国君毅然加入上海知青支边洪流。辗转千里,一路颠簸,他被分配到兵团十师一八一团。经过三个月的各种农业劳动锻炼和体验军垦生活，他和 20 名上海知青被分配到牧场三队。当年牧场三队是全团条件最差的单位。

他们顶着风寒，乘坐拖拉机穿越戈壁、盐碱滩便道到达牧场三队。9 名女生被安置在一间旧仓库里。11 名男生被安置在简陋的土坯房宿舍里。睡觉的床是大通铺，40 厘米高的土坯围一个长方形土坯框子，里面填满干麦草，上面再铺一层羊毛毡。

从上海的楼上楼下、电灯电话，一下子跌落回土炕和煤油灯的时代，落差之大，让刘国君和他的同伴始料不及，真有些接受不了。一个大礼拜（10 天）的夜晚，女生宿舍传出一片哭号声。哭声传递着她们对家乡的思念，亦是对现实的一种绝望。一样的感受和酸楚，亦在瞬间掠过每个男生的心头，他们心中也被激起阵阵波澜、层层涟漪。

晚上照明用的是自制的煤油灯。11个人、11盏煤油灯；11盏灯、11缕煤烟。早晨起床，每个人的鼻孔全是黑的，吐出的痰也是黑的。

他们刚到牧场就赶上了秋收季节。割麦子、打场、修渠、羊圈出肥、平整土地，什么样的农活都干了一遍。也许这是为上海知青上的第一课。

刘国君爱看书、记日记，平时寡言少语，不太合群。遇上大礼拜，他就抓紧浆洗衣服、拆洗被子、缝缝补补，学做针线活。时间一久，他落了一个"丫头"的绰号。

到牧场三队的第二年，刘国君突发奇想，立誓要当一名骑着高头大马、威风凛凛的牧马员。他的态度和决心打动了领导，他如愿以偿被分配到了牧马小组，开始了牧马人的生活。

从一开始学习做饭，到练习骑马三个月，之后再练习打驮子。作为牧马人，必须有过硬的骑马本领。

在做过饭的空隙,刘国君牵出组长安排好的一匹温驯老马,在没备马鞍的马背上练骑术。他从最初练骑马,屁股被磨出血,到结痂成茧,功夫不负有心人,终于掌握了骑马的过硬技能。

寒来暑往的牧马生活,让刘国君当初羡慕的"骏马与草原"终于梦想成真。他跃马驰骋在阿尔泰山牧区的草原,随时应对和处理马群转场所遇到的各种突发情况。

后来他被派到兽医专科学院进修兽医专业,毕业后回到牧场,将所学医术用于畜牧业工作中,一年四季奔驰于草原和牧场。后担任团兽医站站长,尽职尽责、兢兢业业,为一八一团畜牧业发展做出了贡献,成为当之无愧的牧马人。

## 女儿的琴声

人生有许多难以捉摸的事。年轻时曾想学二胡、学绘画，无处求教，也难寻此类书籍。后忙于工作，亦无暇顾及。

意想不到的是，20年后女儿竟获得"全国民族管弦乐学会"二胡专业四级证书。无疑，女儿圆了我的梦。

2001年，女儿上五年级。那个年代在城市生活的"70后"家长，大多为了孩子的将来着想，让孩子在课余时间选学一门或两门特长，或学绘画或学电子琴或学钢琴……

因为喜爱二胡曲，于是在孩子做完作业或吃饭时，在家常用VCD播放如《二泉映月》《良宵》《赛马》等二胡名曲。说来也奇怪，当问起女儿想学什么特长时，她竟然说要学二胡。这是万万没想到的，但这的确是我所期望的。

学二胡的过程，既可净化心灵、陶冶情操，也可提升孩子的品位与素养，还能缓解孩子学习上的压力。

在那个年代，女孩子学二胡可谓凤毛麟角。

二胡好买，可老师难找。单位有个会拉二胡的同事，愿教女儿，可他只是个业余爱好者，若让女儿跟着学，恐将来若想提高技艺，会留下难以纠正的隐患。

为此，我四处打听寻找教二胡的老师。果然，打听到的这位张老师毕业于西北民族学院（现为西北民族大学）二胡专业，在州歌舞团上班直至退休。带着孩子去见张老师，没聊几句他就爽快地答应收女儿做学生。

张老师提出每月4节课，每课25元的学费，后来涨到每节课30元。当时我觉得学费贵，很难接受，可一想女儿能学到一门特长比啥都强。退一步，只当自己每月少抽两条烟、和同事少喝两次酒罢了。

也许女儿永远都不知此事。那时我正为筹集房款而发愁。女儿学二胡半年后，张老师提出要给女儿换一把音质好的二胡。我只好去兰州乐器店买回一把一千元的红木二胡。

张老师果然名不虚传，上课很专业。他每教一首二胡练习曲，都要先演示两遍。无论运弓还是换把，每个动作与细节都精准到位，而且音准把握得特别准。

为了让学生能准确掌握乐曲所要表达的情感，他会不厌其烦、绘声绘色地描述乐曲所要表现的思想内涵与情感。他手持二胡边示范边强调说:"一定要拉出这种味道。春天阳光明媚,你要演奏出'春意盎然'的景象!"

他上课的情景,至今我还清楚地记得。看他拉琴,那就是一种美的享受。

在张老师的辅导下,女儿学琴认真、刻苦。每次放学她一进家门,首先在她的小屋把家庭作业完成,然后拿起二胡完成老师规定的二胡练习曲作业。一遍遍地练习,直到自己满意为止。在下一节课上课前,张老师要求学生逐个拉一遍上节课布置的练习曲,仔细听完,再讲评打分。有时他严厉地强调要纠正的地方,同时还给学生演示几遍。

女儿的二胡练习曲家庭作业得分总在 98 分以上,因此她始终领先于其他学生。张老师表扬女儿学琴刻苦用功,掌握要领非常快。

每次上新课前,张老师总让女儿为其他学生

演奏一遍练习曲。看着女儿学琴技艺不断提高，怎能不让我欣慰呢？

在2002年爷爷奶奶金婚庆典仪式上，女儿为爷爷奶奶敬献了《光明行》《良宵》二胡曲，饱含深情的演奏赢得在场亲人的阵阵掌声，也为金婚庆典平添了喜庆和欢乐的气氛。

陪女儿学二胡、练琴的那段时光，是我们父女共享民族音乐洗礼的过程，亦是从小培养她做任何事情必须有恒心和韧性的一种磨砺与历练。

音乐的本质是美，它给人以鼓舞，给人以力量，给人以陶冶，给人以欢乐，给人以美的享受。

女儿学琴的时光，是她人生积淀的一笔宝贵财富。

在以后的岁月里，音乐的精神激励着女儿去追求人生的美好。她以锲而不舍、顽强拼搏的精神，通过了法语考试，前往巴黎读书深造，学有所成。

女儿在法国留学的那几年，我时常惦记和想念她。每当此时，那悦耳的琴声就回响于耳畔，思念亦飞向塞纳河畔……

## 难忘书信岁月的日子

从20世纪五六十年代过来的人,对书信有一种特殊情感:人的精神世界、情感寄托和精神慰藉须臾不可离开以书信为纽带的鸿雁传书形式。

20世纪60年代,我家去了遥远的边疆。故乡的亲人在"口里",我家在"口外"。天各一方,杳无音讯。此时书信像一只鸿雁,承载着对亲情的思念,往返于两地,传递着我们的思念与牵挂。

源于此,至今见到邮局和邮递员,仍怀有一种敬意,一种难以割舍的亲切感。

我工作那年刚满17岁,因没出过远门,父亲的叮咛和牵挂,总在来信中提及,那是我克服困难、前进的动力。对父母的思念,则在回信中得以释放。

每次将写好的书信拿到邮局,再把信封和邮票仔细粘贴后放进信箱,思念之情方才有所缓解。回连队途中,脑海里闪现出读小学三四年级时,一封家书被语文老师当范文点评的情景。

20世纪60年代,大舅当秘书,那时他公务繁忙,全家生活重担都挑在他一人肩上。尽管岁月艰难,可他的来信从未间断。包裹着浓浓亲情的书信,是我们冬日的炉火和阳光。母亲不识字,却重亲情,盼信心切。

每收到亲人的来信,母亲总会催促我和父亲念信,而后又催着我们写回信。1991年,二舅全家定居北京。当时还没手机，除了电话，唯一维系亲情的纽带是书信。那时二舅和父亲以及我书信往来频繁，读他的来信，犹如当面聊天般亲切舒畅。他的来信常有"从昨天我推算该收到你的来信了""在盼信时收到你的来信"的话语。

1991年的一次来信说："应尧，首先向你祝贺按期转正，并获得省局的奖励。这都是你勤恳工作的结果……"

2001年的一次来信说："应尧，来信收悉，首先祝贺单位提拔你、重用你，我相信好人会有好报的。搞心理矫治对你来说是适合的。党委起用你，说明你的品德、业务素质都已具备，望今后身体力行地搞好这项工作……"

2002年的一次来信说："应尧，近来可好？收到来信及报纸，谢谢！我感觉你目前的工作让你的摄影、写作特长得到了很好的发挥，其实搞教育也是你的特长，也适合你的性格，望再接再厉……"

二舅的来信，字里行间流露出对我的欣赏、鼓励与挂念，而对于父母的健康，他每信必问，并附带些北京的新变化、新消息，以及蛰居京城思念故乡的愁绪……

书信是思乡时的一壶老酒，书信是烦闷时的一把蒲扇。

2000年以后，我与二舅的书信逐渐被电话和手机所替代。每逢元旦，我们都会寄上一张新年贺卡，或用电话和手机互相拜年问候。可我觉得，电话和手机都是现代通信工具，和书信根本没有可比性。

现代社会是互联网发达、信息流通的社会。移动电话几乎人手一部。现代通信在为社会提供便捷、快速服务的同时，也给人们带来难以言说的冷漠与距离感。

书信，曾为我们留下过挥之不去的阅读记

忆，也为我们提供了抒发思乡情感的载体。

书信，作为一个时代的印记，像无声的画面，将那个时代人们心中的美好，以及最难忘的阅读记忆，深深镌刻在我们的情感世界里……

书信岁月，它以纪年的方式，在每个生命的纪年表中刻下浓墨重彩的一笔。

鸿雁传书，让有情人终成眷属；鸿雁传书，为曾经的苦难岁月提供了心灵鸡汤。

## 怀念姑妈

随着清明节的临近，对姑妈的思念愈发强烈。她静静地走了，走得那样急促，那样突然，竟没留下半句遗言，更没有和我们见上最后一面。这突如其来的打击，像利刃刺痛着我们的心，遗憾与悲痛埋在心底，每当清明时节，仿佛潮水涌上心头……

姑妈是我们家庭中的大家闺秀。姑妈小时候没能识字读书，但学得一手好针线活和烹饪的好手艺。姑妈从小就很听爷爷奶奶的话，孝顺长辈，聪明伶俐,并有一双令人羡慕的"三寸金莲"。因此,她得到了那个大家族的喜爱和尊重。在父亲还很小的时候,姑妈远嫁去了兰州。

随着奶奶、爷爷的相继去世,姑妈再也放心不下她唯一牵挂的弟弟。父亲毕业后,因不可抗力原因,一直未能谋到一份称心如意的工作。姑妈得知此事,心急如焚,在兰州四处托熟人找关系,想为父亲找一份理想的工作,但都未能如愿。后来,终于找到了在乌鲁木齐工作的一位临夏老乡,姑妈这才把父亲托付给了那个老乡,一颗悬着的心总算落了下来。

由于去新疆的行程已定,时间又紧迫,临行前的夜晚,姑妈将自己做保姆时省吃俭用存下的100元现金装在一个钱包里交到了父亲手里。

第二天清晨,在去火车站的路上,姑妈又是一番说不完的叮咛、道不完的嘱咐。生怕忘了什么,让从未出过远门的弟弟在外吃苦、受罪。

当父亲乘坐的火车鸣响汽笛时，姑妈一阵揪心地颤抖，急忙举起手臂向父亲挥手告别，然后紧随着行驶的火车，眼睛却牢牢盯着车窗口的父亲，大声呼喊着父亲的乳名。她的一双小脚在站台上不顾一切地向前奔跑着，几次险些跌倒。

火车驶去的身影早已看不见了，可姑妈却像一尊雕塑伫立在严冬萧瑟的寒风中，久久凝望着火车消失的方向……

1975年的夏天，第一次回故乡的我们，一下火车就随父亲走进了静宁路东城壕胡同，可分别16年后的胡同早已面目全非，我们几经周折才打听到了姑妈的住址。

当我们全家突然地走进姑妈的屋子时，姑妈顿时愣住了。她做梦也没想到，站在她面前的正是她日思夜想的亲人。她激动得半晌说不出一句话，想从床上下来，却被父亲拦住了。只见霜发满头的她，一双手不住地颤抖着，泪水如断线的珠子夺眶而出。

父亲也无法抑制自己的情感,在姑妈身旁呜咽地抽泣着。此时,昏暗低矮的小屋沉浸在悲喜交集的气氛中……

盛满泪水的心海,早已不堪重负,如决堤的江水喷涌而出……

在与姑妈团聚的短暂日子里,姑妈为我们设计调剂饭菜花样,且顿顿有肉。这在那个贫困的年代是多么不易啊!后来,我才知道,为了招待我们,姑妈竟然将积蓄多年仅有的一点老底子悄悄从银行取出,慷慨地花在了我们身上。

再后来我又从父亲那里得知,姑妈曾在一户高干家做过保姆。姑妈凭着淳朴善良的性格、勤快麻利和过硬的厨艺,赢得那家人的信任和尊重,自然也得到一份不薄的收入。毫无疑问,姑妈招待我们的费用就是从那个困难年代一分一厘积攒起来的。

那是姑妈一点一滴节省出来的血汗钱，也是她用一双勤劳之手捏出的几把汗的钱！

我从新疆调回故乡工作后，由于常到兰州出差、办事、学习，和姑妈相聚的时间也多了。尤其刚来那年，在大沙坪警官培训中心学习的三个月里，每到周末我就成了姑妈家的常客。她每次见我总是细细端详着我，嘘寒问暖，而我每次总能品尝到姑妈为我烹制的可口饭菜。和姑妈在一起的日子我特别开心和温暖，和她拉家常，尽情享受着人世间难得的骨肉亲情。

姑妈劳累了一辈子，到晚年时却落下了一身的疾病。但我从没见过她悲观消极的样子。她每天快乐地接送着孙子上学、放学，并为孙子们做饭，还不间断地帮助胡同里的邻居干这干那。自然，邻居们也把姑妈当作自己的亲人一样对待，不管家中有什么事，都愿意向她倾诉。邻居们都亲切地称她为"宁妈"。

当清明时节的细雨飘洒在无眠的夜晚，当思念再一次叩击着灵魂，这便是我和姑妈在梦中相逢的幸福时刻。

我多想在兰州东城壕胡同再次见到姑妈熟悉的身影，耳旁还能听到胡同里邻居们亲切地称她"宁妈"的声音……

姑妈，您在天堂还好吗？在清明节来临之际，您一定想念故乡，想念骨肉亲人的我们。

啊，清明时节的细雨，请把我的思念转告姑妈，告诉她我们永远怀念她……

# 父爱如山

20世纪60年代初,刚刚闯过灾荒之年的我家,又遇上母亲患大病动手术。随着母亲病愈出院,一张近千元的住院欠款单就转到了父亲所在连队的财务账上。那时父亲的工资每月56元多,除留够生活必需开销外,其余全部用来偿还债务。那时家里的日子过得非常清苦,每月家里最大的开支就是买些食盐、几斤醋和煤油。醋用来调剂缺少油水的饭,煤油供我夜晚读书和做作业。

童年的我,感觉偿还那笔债务的日子是那样

漫长而遥遥无期。在那个年代，那笔债务像一块沉重的磨盘压在父亲的肩上，压得他喘不过气，也压得全家在十几载岁月里翻不过身来。

　　为早日还清债务，减轻父亲的重担，正在读高中的我得知有招工的消息，就悄悄报了名。等父亲知道时，已无法改变我的决心。一想到能尽快挣钱帮父亲偿还债务，我的内心充满了兴奋。父亲却没一丝的高兴，脸上布满了愁云。我从母亲那里得知，他在为我动身前赶做一套新棉衣没处借钱的事情发愁。我的棉衣棉裤从小到大母亲补了又补，接了又接，翻新过多少遍，已记不清。在那个年代，到哪里去借钱呢？

　　为此，父亲整夜整夜地抽着自己加工的劣质烟叶烟卷，辗转反侧，夜不能寐。父亲终于决定抱着一线希望找连长试试。连长听了父亲借钱的理由，十分同情地在借条上签了字。没几日，一套崭新的棉衣就出现在我的面前。父亲看着我试穿棉衣，脸上才露出难得的微笑。

我离家的那个早晨，全家人起得很早，匆匆吃过早饭，就为我张罗起来。父亲一声不吭地把我要带走的衣物和用品一一装进行李箱。母亲在一旁唠叨和嘱咐个没完。

捆好行李后，父亲坐在炕沿从枕头下取出一张纸递给我说："我要说的话和出门要注意的事情全写在上面。"我接过一看，是父亲给我的备忘录，大致内容我至今还清楚地记得，我知道那是父亲生活经验的积累，也是他一夜未眠的结果。父亲写道："切记做人最重要的几点：要有好本事，要有好品行，要有好交往，要屈己从人……"

在以后的日子里，我把父亲给我的备忘录当成我人生的座右铭，工工整整地抄写在笔记本的首页，想家的时候就拿出来看看，父亲崇高无私的爱永远珍藏在心间。

就在我告别家人出门的那一刻，父亲坐于炕

头猛然转过身去，双手捂脸哽咽着，只见他的脊背在抖动。我知道那是父亲抑制了很久的情感，终于决堤喷涌而出。那是我平生第一次见父亲那样伤心地流泪……

工作后的第二个夏天，因一次意外事故，我受伤住进了医院。尽管我告知战友要保守秘密，免得父母知道后为我着急操心。可不知为何，父亲还是知道了真相。父亲没有把坏消息告诉母亲，可他心急如焚。那年，那里还没有通长途班车，也没有电话。父亲所在连队到团部医院的路程足有120多华里。在找不到顺风车的情况下，父亲借了一辆自行车上路，可没骑出多远，头一晕，连人带车摔倒在路旁。无奈，他只好到连队借了一匹老马去看我。

父亲顶着烈日，冒着酷暑翻山越岭，又穿过一段戈壁，走了大半天才来到住院部。父亲拴好马，急切地走到病房，一进门顾不上喝口水，刚坐下就着急询问我的伤势情况，当得知我没有生命危险时，那颗悬着的心才落下来。父亲草草吃了些饭菜，喝了几口水就要回去。他说他要连夜赶回去，否则母亲会急出病来，我只好依他。父亲又拖着疲惫的身体往回赶，到家已是子夜。

我受伤住院，父亲承受了太多的担忧和牵挂，更让他的身心受到了伤害。后来好长一段时间，父亲总是体弱多病，这让我感到深深的内疚。

就在我踌躇满志、工作一帆风顺时，工作上出了一件意想不到的差错。想想奋斗多年的成绩和前途毁于一旦，我心情坏到了极点，对生活的信心也几乎全部丧失。当我拖着沉重的脚步迈进老宅院的门，早已盼子归来的父亲匆忙从堂屋台阶处疾步走到我跟前，出乎意料地跟我握手，说："平安回来就好。"话虽简短，可我顿感一股暖流涌上心头……

母亲为我准备了可口的饭菜,父亲为我沏茶倒水。望着两位老人憔悴的面容和熟悉的背影,我心中升腾起一股力量。

的确,家是我在外受伤跌倒时可以疗伤止痛、补充能量的地方。父亲在我事业遭受挫折时,用他有力的大手给了我一个精神上的支点。

他用无声的举动告诉我:在哪里跌倒就从哪里爬起,是男子汉就该挺直脊梁往前走。随后父亲赠我一首短诗:"道路原坎坷,功名淡若水。识破当今事,何处无雅趣。"我深深领悟了它的内涵,从此,觉得一切的一切都清淡得像一杯水。我用"不自卑、不沉沦"的心态鼓励自己,客观地对待人生的挫折,视有若无,豁达宽容。

父亲就像一支蜡烛,燃烧着自己,照亮了我的前程。他用宽大的身躯为我遮风挡雨,撑起了一片蓝天……

## 父亲，您在那边还好吗？

2018年农历五月初十，父亲溘然而逝，竟没留下一言半语，带着不舍、不忍，踏上归去之路……

父亲的仙逝，对于我们，尤其对与父亲相濡以沫了一辈子的母亲来说，是一种隐隐之痛，一个晴天霹雳！

三年来，我一直想象父亲当时痛苦的样子。我想：如果那个夜晚，我们有一人能够在您和母亲身旁，及时发现您当时的异样，立刻送您去医院抢救，那么，次日您还会和往常一样，出现在我们的面前。可人生没有太多的假如，总是那么不遂人愿。

父亲，您离开我们已三个春秋，在1000多个白昼与黑夜，您的音容笑貌总浮现于我的眼前……

童年时，您从乌鲁木齐徒步30里，来幼儿园接我，途中遭遇暴风雪，前行之路无法辨认，情急之下您转向来时的方向，问刚路过的毡房可否看见。我仔细辨认，毡房已无踪迹，只有一束微弱的光，在旷野风雪中闪烁。您深一脚浅一脚，背我向那束微光摸去，在温暖的毡房里，我们躲过了人生的一劫。

童年的煤油灯下，总能看见父亲手捧《杜甫诗选》《李白诗选》《史记》《茅盾文集》的身影。退休后在故乡的闲适岁月里，父亲除了每天坚持打太极拳锻炼身体外，还与《中国老年报》

结下了不解之缘。订报 20 余载，不仅获得了养生与保健知识，而且还开阔了视野。

1986 年，随我调动工作，全家回到故乡。可家乡并非父亲所愿，许多亟待解决的事需父亲处理，连续打官司，四处奔波，让父亲身心极度疲惫，而且耗费了父亲太多的精力和心血。

回到故乡，我们遇到了前所未有的困难，但在父亲的智慧和勇气下，所有的困难都迎刃而解。连续打赢两场官司，祖业物归原主，既告慰了先人，也了却了父亲心中多年的一个遗憾。

2013 年，在父亲的精心安排下，刘氏家族举行了一次悼念先人的祭祀活动。在家族乡亲们面前，父亲怀着沉痛的心情，将自己亲手撰写的悼词娓娓道来，让在场后辈聆听了刘氏家族的创业史。父亲深情缅怀清末民初从江西景德镇跋涉，辗转千里来到甘肃临夏南乡创业的刘永清、刘永福、刘永秀三位先人。他们创下了刘氏家族最辉煌的业绩，赢得后人仰慕和怀念。悼词情浓意深，句句浸透缅怀之情。

2008年6月，父亲母亲和兄弟三人去新疆。从临夏出发的清晨，父亲坐在轿车里，望着车窗外细雨蒙蒙的青山、农舍和田园，浮想联翩，随即将王维的《阳关曲》即兴改为："枹罕朝雨浥轻尘，客舍青青柳色新。劝君更敬一杯酒，西出阳关有故人。"一个"有"字，表达了父亲对那片故土一往情深的眷恋。

在新疆之行结束答谢宴上，父亲在祝酒词中感慨地说："……一踏上这片故土，深感山亲、水亲、人更亲。这里的一切让我感到亲切，同时，也勾起我一段段幸福和辛酸的回忆。这里的变化让我感到欣慰。所有的故人和他们的子孙都盛情欢迎并款待我们，此情此景，将永远铭刻在我心中……"

多么深情的惜别与拥抱，多么深情的眷恋与

回望！

新疆是父亲生活、工作了近 30 年的第二故乡，父亲把一生中最宝贵的青春与热血奉献给了那片热土……

父亲生前曾说过，他最放心不下的是陪伴他一生的母亲。在父亲离开我们的三年里，我们所做之事，就是尽最大可能，将母亲的衣食住行安排好，根据她腰腿疼痛的情况，及时给她买药，带她按摩、针灸治疗……

为缓解、减轻因父亲去世给母亲带来的痛苦，2019 年春节，我和兄弟带母亲去温暖如春的广州，在花城陪母亲过春节，以分散母亲的注意力，缓解她的悲痛。父亲，您若九泉有知，亦会为此深感欣慰。

"每逢佳节倍思亲"。父亲走后的第三个端午节又如期而至，大街上摆满了香包、粽子，可我泪眼模糊，黯然伤神：满脑子都是父亲推着自行车上街买糯米、买葡萄干、买红枣,泡粽叶、泡糯米的忙碌身影……

从此,端午成了我心中一个结,一道迈不过去的坎。

农历五月初十,父亲,您突然走了。失去您,我才真正体会生离死别,才知什么是生死连心……

父亲,我多想能与您再相见!哪怕只是在梦中,那也是我期待的一抹最温馨、最温暖的风景……

父亲,我们想您了!

您在天堂还好吗?

## 我的戈壁母亲

20世纪60年代的冬季,陇原大地异常寒冷。大饥荒向每个家庭袭来。严峻的形势让外祖母和大舅十分着急,大舅匆忙跟远在乌鲁木齐的父亲取得了联系。几天后,母亲带着年幼的二弟和我,在大舅的护送下,登上了西去的列车。

母亲从未出过远门,更未见过外面的世界,那时出行的艰难可想而知。出门时,母亲将父亲乌市来信的一个信封,当作"通行证"揣在衣兜里,那是她千里寻夫的"向导"。

乘坐"咣当"一路的绿皮火车,再换乘长途汽车。一路带孩子扛行李,每到一站要掏出信封,一次次向行人询问,生怕搭错车、坐过站。几经周折,一路艰辛,终于找到在乌市工作的父亲,全家人才得以团聚。

漫长的行程,让母亲尝尽了不识字的苦头,更让她承受了从未有过的担惊受怕和疲惫。

因饥饿与寒冷,加之行程颠簸,到达乌鲁木齐不久,二弟患病夭折。对于爱子如命、善良的母亲来说,这是一个突如其来的沉重打击。

母亲将失子之痛埋在心底,坚持下地劳动。每当夜幕降临,她先哄我入睡,随后掩门而去。时间一长,就引起了我的警觉。一次,我假装入睡,见我睡着,她蹑手蹑脚地出门。我急忙翻身起来,尾随而去。

夜幕下,我远远见母亲像在寻找什么东西,东瞅瞅,西看看。离住地不远处,有一条长满荒草的干河床。母亲沿河堤的斜坡摸索到了河床底部。

突然,眼前一幕让我惊讶万分:母亲两腿跪地,用双手使劲拍打着地面,撕心裂肺地哭喊着:"老天爷,你行行好,快还我的儿子!"

凄厉的哭声在漆黑的河床上回荡,一声比一声凄厉……

此时,天空漆黑得像一口大铁锅,而且越来越低。夜风凛冽,寒气透过全身,河床的荒草被夜风吹得一会儿向东,一会儿向西。

我打了个寒战,再也无法忍受眼前的这一幕,猛然跑向母亲,从背后紧紧抱住她,哭喊着:"妈,妈!我们快回家吧……"

母亲突然打了一个冷战,以为她夭折的儿子真回来了。当她颤抖地转身看清是我,一把将我抱在怀里,号啕大哭起来……

不堪回首的那一幕,已成遥远的记忆,思念

却无法回望……

原以为,时间能填平人世间最深的感情沟壑,淡化伤痛。未曾料到,耄耋之年的母亲,还时常翻出二弟的遗照,端详、细看。没想到,母亲把失子之痛隐忍得那么久、那么长……

看完以兵团人戍边创业为题材的电视剧《戈壁母亲》,忽然想到:我母亲也是"戈壁母亲"。剧中刘月季带领三个孩子,千里跋涉边疆戈壁,故事感人至深,而我的母亲,带着童年的我,从乌鲁木齐出发,坐着尘土飞扬的篷布大卡车,穿越克拉玛依、奎屯、北屯等戈壁荒漠,最终到达阿尔泰山脚下克木齐兵团垦区。她把20个青春年华献给了边疆,兵团军垦创业的史册里,也应有母亲的名字。

母亲是当年连队出了名的"老病号"和爱干净的人。由于长期缺乏营养,每隔一两个月,她总会大病一场,打针吃药也是常事,而每次生病卧床，她总会在我上学、父亲出工后，忍着病痛把屋子打扫干净，才卧床休息。

在连队我家曾搬过无数次，无论在青圪崂老三连，还是连队"老马号"，哪怕屋子再破旧，可经母亲一收拾，旧屋豁然亮堂，洁净而温馨。

每逢元旦、春节，连队要对每户家庭进行卫生检查，检查结果张贴于各家门上。我家在每次评比中，总会获得"最清洁家庭"的称号。

1986年举家迁回老家，母亲既带孙子又做饭，还要料理家务。繁重的家务劳动使母亲的健康状况每况愈下。尤其是糜烂性胃炎和萎缩性胃炎，差点要了她的命。在兰州住院治疗回家后，她边吃药，边做家务，和病魔顽强地搏斗着。

2018年农历五月初十，与母亲相濡以沫、携手一生的父亲撒手人寰。噩耗让全家措手不及，更让母亲无法面对和接受。

父亲生前用过的书桌、坐过的沙发、透着父

亲体温的"蜜蜂"牌缝纫机，都让母亲眼睛潮湿、落泪。

母亲的恩泽，我无以报答。但她勤劳、善良、坚韧如戈壁大漠的性格，永远镌刻在儿心，流淌在我血液里……

## 大墙岁月橄榄情

1986年金秋,从新疆调回祖籍所在地临夏市(临夏回族自治州)的我,成为一名监狱人民警察,穿上了橄榄绿。

20世纪80年代的监狱环境还十分艰苦。初到监区的我,天天风里雨里地带罪犯出入于潮湿低矮的监舍和陈旧的车间。单调乏味的工作,让我迷惘和厌倦,一度想调离,去选择一个条件较为优越的单位,以提升自己的价值。

是身边老一辈监狱警察感化教育了我:他们

从更艰苦的20世纪50年代初,就带领着罪犯建农场、修铁路、修公路,风餐露宿,艰苦创业几十年,为千万个家庭的幸福和团圆,默默奉献着青春年华,牺牲着自己的一切。

我开始敬佩他们,并在思想上加入他们的行列,坚定了我的选择和信念。

1987年至1991年,我在监狱三大队担任分队长和大队管教干事期间,因材施教,将一名不出工参加生产劳动达一年之久的"三进宫"罪犯郑某成功转化,使其心悦诚服地出工参加劳动改造。

1993年,我在二大队四中队担任指导员期间,对四中队所关押的20余名无期徒刑、死缓犯,采用感化教育和分化瓦解相结合的改造措施,使他们在年底全部转化,部分罪犯还获得减刑或奖励。

那时,我一直琢磨着如何把这些"老虎"

驯服：一是根据这些"老虎"多属城市罪犯，文化程度高、学习技术快的特点，安排他们在车间技术含量高的车床和铣床上工作；二是根据他们文化程度普遍高的特点，让其担任车间调度员、统计员，或监舍组长或记录员，使其获得信任，感觉有"奔头"；三是用拉家常的聊天方式，定期或不定期地主动找顽危重点犯谈话，在交谈中发现其"闪光点"，及时在政治课上对其"闪光点"予以表扬，对不良苗头敲"警钟"，并酌情予以奖分奖励；四是特殊矛盾特殊解决。分监区有一名无期徒刑顽固犯，长期拄双拐装病，企图达到保外就医的目的。对其采用多种教育方法均不奏效。在其关禁闭反省期间，恰逢其家属来探监，我认为这正是攻克"堡垒"的最佳时机。经请示监狱领导，我带该罪犯的妻子和儿子进监狱，在禁闭室办公室探视。当着该罪犯的妻子、儿子的面，我一针见血地指出其行为绝没有出路。该罪犯的妻子、儿子也严厉地劝说道:"如此下去,家里也不会接纳你!"该罪犯终于悔悟觉醒,当着全体罪犯的面做深刻检查,扔掉双拐,投入改造;五是抓罪犯的养成教育,从监舍小组抓起,整体推进整洁、整齐划一的文明监舍建设;队列训练从每日出操和收工抓起,及时评比,兑现奖罚,使养成教育逐步得到加强和巩固。中队当年被监狱评为先进集体,并在监狱全年内务卫生大检查和抽查中名列前茅;在罪犯队列比赛中多次荣获第一、二名。

在基层工作的 12 个春秋,我在大墙内的特殊园丁的岗位上,用心灵之灯,照亮了不知多少个浪子回归的航程。

道德情操在奉献中升华,思想境界在勤勉中提高。

1989 年,我成为一名共产党员。1990 年,我被评为先进工作者。

1991年在全监干警个别教育演讲会上，我以最高分被评为监狱"个别教育能手"，并于同年年底光荣出席全省个别教育经验交流大会，被省局授予"教育改造先进工作者"荣誉称号。

1993年，在担任二大队中队指导员期间，由于基础工作扎实、业务熟练，临危受命，接受监狱重任，将所管中队的罪犯方队带入考核现场，接受厅、局领导的考核。考核结果：罪犯行为规范，抽查干警"四知道"，罪犯队列行进、集合、点名等几大考核项目，样样合格达标，得到考核现场厅、局领导的当场表扬，为监狱申报"省级特殊学校"立了头功。

在教育科工作的16个春秋，我主动将监狱新闻宣传报道工作抓起来。从一名读者、作者成为一名特约记者。从最初一篇篇不起眼的"豆腐块"，到一幅幅摄影图片、一篇篇新闻稿和文章陆续见报并获奖，真实记载了作为一名特约记者、通讯站负责人的我，在多种角色转换中，度过了那段难忘的笔耕岁月。

我曾光荣出席省局10几个春秋一年一度的新闻宣传报道会议，接受省局领导颁发的"优秀特约记者"荣誉证书和"新闻宣传报道先进单位"奖状，其中包括甘肃监狱报20周年报庆省局为我荣立三等功的荣誉证书。

作为司法部"十百千"监狱理论骨干人才之一，我的多篇论文在省局和单位获奖，撰写的"三化"建设论文在局研讨会上获得一等奖和优秀奖，还获得了全国监狱理论研讨会优秀奖。

我深深地眷恋着为之拼搏、奋斗过的那段激情燃烧的"大墙"岁月。

为此，我深感欣慰、骄傲和自豪，无怨无悔！

## "亚心"逸事

"亚心",即亚洲大陆地理中心,位于乌鲁木齐市郊30公里的永丰乡包家槽子村。因儿时与母亲在此生活,故将童年记忆中的包家槽子付诸笔端,以此聊作纪念。

——题记

20世纪60年代初,命运之神将我和母亲安置在乌鲁木齐市永丰公社,然后我们到了包家槽子。

春节后，队上派马车送我们去包家槽子。马车经过一段乡间小路，穿过庄稼地便道，向西北方向的一个深沟槽子驶去。

沿深沟槽子陡坡往下走，两侧山体越来越高，槽子东西距离亦渐渐变大。马车越往下走，迎面山体越近。不远处几间土屋闪现，马车停下，陈队长从屋内走出，将我们领进一个套间住下。

或许，上苍垂爱这块世外桃源的角落。它的春天比外面的世界来得更早一些。一不留神，包家槽子的田野已换上一套翠绿的外衣。

包家槽子的早春，雾霭低垂，云霞像纱帐悬在菜园上。朝阳射下，云霞方才慢慢散去。走出屋外，透过云雾依稀可见社员们在菜园劳作的剪影。

夏季来临，包家槽子成了蔬菜的海洋。绿茵茵、水灵灵的菜园春意盎然，一派生机勃勃的景象：红白水萝卜、小白菜、莴笋、芹菜、大葱……

它们像赛场上的运动员，在进行一场激烈的角逐，谁也不甘落下。

炎炎烈日下，社员们像忙碌的蜜蜂，按各自的分工，或浇水，或除草，或喷洒农药……

从北山流下的一股清泉，为这钟灵毓秀之地带来勃勃的生机。

清泉垂流形成瀑布，水花晶莹，落地四溅，朝霞映照水雾的彩晕，像雨后彩虹般五彩斑斓。落地泉水汇聚便引出一股溪流奔向菜园，溪水跳跃，轻拂水草琴弦，一路"哗哗"欢歌，去完成它浇灌菜园的使命。

渠埂上长满各种野草和形态各异的野花，彩蝶身着绚丽花裙在溪边嬉戏翔舞，蜜蜂在花丛中忙碌地采着花粉去酿造新蜜……

沉醉在百花园的我，抑或玩溪水，抑或捉蝴蝶，抑或于山泉旁观看哈萨克族牧民骑马赶羊群饮水的场景。口渴的羊群聚在山泉周围，喝水的姿态各异：有的跪着前腿在喝，有的挤于前羊身下喝，有的前腿搭于羊背上张嘴迎着水喝……我看得入迷，竟忘了回家。

蔬菜收获的季节，是社员们一年中辛苦忙碌的时节。每天从乌市开来八九辆卡车，停在菜园边上。社员们根据采购需求，分别将蔬菜铲下装筐、捆好、装车。有时刚吃过午饭，还没休息一会儿，陈队长的哨子急促地响起，社员们又随哨音奔向菜园……

强体力劳动，已无法让社员靠口粮定额填饱肚子。无奈之下，母亲把菜园里掰下的莴笋叶洗干净生吃；房前屋后长满的金扫帚野菜，采回家用开水焯一下放些盐，是我和母亲充饥的菜肴。

吃韭菜合子挨打的经历令我至今难忘。有一次我从母亲手里接过饭菜票跑向食堂打饭，我见炊事员将包好馅的韭菜合子从案板上托起放入油锅，用筷子将下锅的韭菜合子翻转几下，炸成两面金黄色后捞出。那诱人的金黄和鲜嫩韭菜扑鼻而来的浓香，看得我直咽口水，排队打饭的人个个两眼直勾勾地盯着刚刚捞出的金黄韭菜合子，抑或他们已饥肠辘辘。我一边咽口水，一边想象着韭菜合子入口时那香喷喷的滋味。

当我端起两个韭菜合子跑向屋内，却见外屋的地铺阿姨正眼睛不眨地盯着我，于是我转过身对她说："阿姨，你尝尝。"她没有丝毫推辞，起身将韭菜合子掰下一块。当我端盘子走进屋，母亲见状问那半小块韭菜合子哪去了。我说我让外屋阿姨尝了尝，母亲抡起巴掌劈头盖脸地打我。我无法辩解，觉得冤枉，就委屈地哭了起来。外屋的阿姨听见哭声，赶忙跑进屋，一边哄我，一边嗫嚅着向母亲道歉。母亲尴尬地解释她打我并非因为韭菜合子，而是我做错了其他事……

"仓廪实而知礼节，衣食足而知荣辱"。那个贫瘠的岁月，因忍受饥饿而扭曲了人性的善良。可童年的我,又怎能体会母亲难以度过艰辛日子的酸楚……

一个夏夜,邻居悄悄告诉母亲,说今晚天黑后去附近山上偷豌豆。母亲从没经历过如此害怕的事。在她们的催促下,母亲极不情愿地拉着我,跟在她们身后。那是一个伸手不见五指的夜晚,豌豆地里漆黑一团,根本看不见哪是豌豆秧,只能用手辨出豆秧,再慢慢摸索豆荚。

这时,豌豆地有黑影晃动,担心自己的家人丢失,人们急忙压低嗓子的叫喊声此起彼伏。没一会儿,看护豌豆的马队冲进豌豆地,用马鞭抽打驱赶着人们,人们慌不择路,高一脚低一脚,四处奔逃。母亲惊恐不定,跑回屋定睛一看,偷来的豌豆竟然还不足两碗。

我和母亲居住的小屋,进出要经过一间大屋子。大屋子南窗下是一排土炕,中午和傍晚始终有三人在土炕上休息:一个是 40 多岁的会计,一个是食堂做饭的中年妇女，还有一个是留着山羊胡子的老丁爷。三人脸朝北，靠在被褥上躺着不说话。

开饭时另两人在厨房干活不在屋里，只有老丁爷一人把饭菜带回，盘腿坐在炕上吃。童年的我天真地认为老丁爷是个古怪的人。他吃饭时有一个怪异的举动，让我百思不得其解。

老丁爷每次打饭回来，脱掉鞋站于炕沿，踮脚将屋门顶部板子上一个旧布袋取下，解开布袋口上一圈又一圈扎紧的绳子，右手颤巍巍地伸进口袋，摸索着取出一些发黄、发霉的干馒头块，然后再把食堂打来的热馒头掰成几块，轻轻地放进布袋，摆放均匀后，再用绳子把布袋口扎牢实，站起身平托馍袋两端，缓缓平放于屋门顶部板子上，那里既通风又安全。

这时老丁爷才盘腿坐好，将取出的干馒头，用手掰成块状泡进搪瓷盆的菜汤里，一会儿他端起碗，用筷子将碗中的干馒头块拨进嘴里，随着嘴巴咀嚼蠕动，他的山羊胡子亦不停地抖动着……他吃得那么香、那么有滋味，好像比吃山珍海味还要香出多少倍……

在里屋吃饭的我，从屋门正好观察到他从食堂打饭回来吃饭的全过程。我目不转睛地盯着他的嘴巴，只见他咀嚼着馍块，山羊胡子亦随着咀嚼抖动着……

我心想：那个陈旧布袋里的馒头肯定很香！要不他怎么会嚼得那么有滋有味呢？疑惑在我幼小的脑海中持续了很久很久……

长大后，经历岁月浸泡的我终于释然老丁爷，终于明白了他视那袋发霉的馒头如生命的道理……

多少次寻梦"亚心"，多少次梦回包家槽子。2022年我携母亲再回新疆，从阿勒泰返回乌市，朋友开车带我参观"亚心"。近乡情怯的我，径直向巍巍耸立的18米高的"亚心"标志塔走去，与之合影。

而后开始寻找包家槽子遗址，于铁塔不远处的西南方向，终于寻见童年记忆中的地貌，寻见那片曾经郁郁葱葱、生机盎然的菜园遗址，寻见了我和母亲居住过的残垣土屋……

于残垣断壁的土屋前，抚摸岁月侵蚀的残壁，感觉它尚有一丝体温，它如阅尽"亚心"的老人，似乎已等待我很久，带着抱怨说："你终于来了……"

于一瞬间我泪眼模糊，俯身于残垣断壁的土屋四周，仔细寻觅童年玩过的泥巴、石子……

环视菜园一片荒芜，然而荒芜的菜畦却依稀可见，见证蔬菜丰收的渠堤亦尚在，但那清凌凌的山泉却荡然无存……

我怅然若失，于残垣断壁的土屋下捧起一抔故土揣于怀中……

## 风雪毡房情

20世纪60年代初冬的一天,乌市郊外的天阴沉沉的。我在幼儿园期盼父亲能早点接我回家。当日下午,父亲如约接我回家,并买了一小包水果糖,然后背我走上一条望不到头的砂石公路。见天色不好,父亲加快脚步往前赶路。

当天色渐渐暗下来,能隐约看见周围山路和杂草时,父亲背我走下公路,然后拐上一条崎岖的便道。便道两旁长满了齐膝高的荒草,不远处依稀可见牧民的毡房,炊烟从毡房袅袅飘出,偶尔能听到牧羊犬的叫声。

正当我们开始翻越荒野上的一座小山坡时，铺天盖地的鹅毛大雪降了下来，眼前的路也不见了。父亲停下脚步，向四周焦急地张望着，脸上露出愁容，他问我能否看见刚才路过的毡房。

我抬头向来时的方向望去，远处的毡房已被漆黑的夜色和大雪淹没，只能隐约可见一缕微弱的灯光在闪烁。

父亲毫不犹豫地背着我，深一脚浅一脚，向着那一缕微光摸索而去。此时，那微弱的亮光在风雪中忽明忽暗，犬吠声却越来越清晰。就在我们接近毡房时，牧羊犬的叫声也更加凶猛，并向我们两位不速之客扑来。这时，毡房中走出一位哈萨克族青年。他似乎在一瞬间明白了我们的来意，立刻喝退狂吠的牧羊犬，掀起毡房门帘示意我们进去。父亲从背上放下快要冻僵的我，猫腰领我走进了毡房。

借着毡房昏暗的灯光，我们才看清毡房空间很小，简陋的地毯上坐着一位年轻的妇女，怀里抱着一个熟睡的婴儿。见我们进来，女主人用好奇的目光上下打量着我们。

不知她和丈夫用哈萨克语说了些什么，只见男主人快速俯下身去，往石头垒的炉中添了几块干牛粪，又舀起一勺水倒入壶中，然后他单腿跪地，身子前倾，嘴对着火炉，一口接一口吹着冒烟的牛粪。忽明忽暗的炉火，映照着他的脸部。我端详，方看清：他黝黑的脸透着善良，双眼深邃，两颊微陷，下巴颏翘起。因烟熏火燎和忙碌，他的两鬓微微地冒着热气。

这时，女主人放下熟睡的婴儿，从一个小布袋里取出一块巴掌大的砖茶，快速用小刀撬下一小撮茶叶，放进沸腾的茶壶中。她一会儿拨着炉火，一会儿往壶中添入些凉水，全神贯注地熬茶。此时，炉中的火苗舞动身姿，壶中的蒸汽也雀跃欢歌。一股浓浓的茶香弥漫在毡房里，宛如母亲温暖的手抚摸着我们……

大约半个钟头后，女主人揭开茶壶盖，将一缸鲜奶倒入壶中。顷刻，浓茶和鲜奶融合成沁人心脾的香气，直诱得我们饥肠辘辘。

女主人麻利地取出一块桌布摊在我们面前，又拿出两个茶碗放在桌布上，提起茶壶将滚烫的奶茶倒进茶碗。然后端上了"比戴"（炒熟的麦粒）——这是饥饿年代哈萨克族牧民赖以生存的口粮，十分珍贵。

眼前的一幕，让我们感动不已。父亲不知该用何种方式来表达这份感激之情。忽然，父亲想起身上还有一包水果糖，于是急忙取出捧上。女主人摇着头，表示不能接受。她见父亲一直捧着未动，这才弯腰用双手接过水果糖。

午夜时分，风雪渐渐小了。我们在狭小简陋的毡房里安然度过了一场大劫难。

哈萨克族是一个勤劳、善良、好客的游牧民族。他们有一个美丽的传说。很久以前，有位年轻英俊的部落首领，勇敢善战，战功卓著，深受人们的拥护和爱戴。后来，在一次战争中失利，部众失散，年轻首领身负重伤，倒在火烤一般的戈壁滩上，极度的疲乏和饥渴使他生命垂危。突然，天空裂开一道缝隙，飞下一只白天鹅。它给生命垂危的部落首领喂了几滴口涎，于恍惚中将其带到湖边。

年轻首领俯身喝过水之后，渐渐恢复了意识。顷刻间，那只白天鹅突然变成了一位美丽的少女，于是两人结为夫妇，生下一子。为纪念这场奇异的结合，他们给孩子取名哈萨克，意为"白天鹅"。

哈萨克族十分崇敬白天鹅，并将其视为美的象征。而这一动人的传说，难道不是我和父亲风雪毡房夜的再现吗？而那对哈萨克族夫妇高尚的品质，更是铁一般的印证。不仅如此，它温暖了我们一生。

放眼纷纷扬扬的大雪，我的思绪又飞到了哈萨克毡房那温馨的一夜……

不知那对夫妇还好吗？他们的孩子想必也已长大成人，像雄鹰展翅飞翔在天山……

啊，温暖我一生的毡房，你在哪里……

## 喀纳斯秋迹

2013年9月在新疆乌鲁木齐开会结束后，与同行三人前往喀纳斯，去感受它的神奇魅力。

从乌市乘坐一天的大巴，在夜幕笼罩的"童话世界"布尔津小镇吃过晚餐，次日清晨我们向阿尔泰山腹地的喀纳斯奔去。

放眼望去，沿途草原植被早已淹没在萧瑟的秋景中，唯有一条山路孤零零地伸向远方。冷清、寂寥主宰着枯黄的山野，哈萨克族牧民的牛、马零星散落在山坡上，身上结满一层白色的霜花。

偶尔有毡房出现，酣睡的羊群簇拥在毡房四周，如盛开的白色花瓣。随着朝阳升起，峡谷中的毡房亦逐渐多起来，奶茶飘香，炊烟袅袅。羊群在山谷间静静地啃着牧草，蠕蠕而动。

贾登峪是喀纳斯的游客集散地，游客纷纷来到贾登峪留影，而后各自跟着导游乘坐区间车。区间车载着我们行驶在喀纳斯景区河谷的山路上。

山路左侧是陡峭的山崖，右侧则是碧绿的河水在山间蜿蜒流淌。秋阳下的红、橙、黄、绿、青、紫色的树种拥挤在河谷两侧，宛若迎宾仪仗队。

喀纳斯的白桦树由于树根浅，很难独立生长，它依附于身旁的松树结伴成长，而松树却用自己强劲的树根将白桦树根牢牢缠住。白桦树生长的形状各异：它们抑或背靠笔直的松树，像孪生姊妹直上云霄；抑或成双成对在落叶松、红松、云杉、冷杉等树木间摆弄着各种姿态，恰似模特大赛上闪亮登场的模特。

还有一种个子不高的白桦树种，给我留下了极深的印象。它们宛如窈窕淑女，背靠山间森林，簇拥在山路两侧，洁白纤细的身材配以垂柳般的枝条，加上橙红、黄绿两色叶片的装点，酷似婀娜妩媚的新娘。

从喀纳斯回来的日子，我时常想起那些白桦。在幽深的峡谷，它们披风雪、抗严寒，忍受寂寞，岁岁年年绽放着青春的绚丽，装点着喀纳斯的金秋，为远方游客奉上一份特别的喜悦和惊喜。

区间车在山谷间的环山公路上依山傍水穿行着，原始森林的风光犹如一幅幅画卷扑面而来，转眼就到达了喀纳斯月亮湾和神仙湾处。

月亮湾是喀纳斯的地标性景区。它处于高山峡谷地段，往下看足有30多米深，河水呈深蓝色，形似皎洁的弯月悬挂在蓝宝石般的夜空上。河谷对岸阴坡,是一望无际的金黄色茂密原始森林;下车拍摄点位于河谷阳坡,树木稀少,生长着不知名的杂草和灌木。

经过神仙湾狭长地段约两里路,我们来到午餐歇脚处的喀纳斯村。趁着午餐没开饭的时间,我好奇地走进喀纳斯村图瓦人神秘的小木屋。

图瓦人的生活习惯与哈萨克族大致相同。低矮的木床铺着简陋的被褥,紧靠卧室的是厨房。厨房陈设简单,而锅灶较大。正巧年轻的图瓦族女主人刚煮沸一大锅牛奶,热气和奶香弥漫着小屋,此时,饥渴疲惫的我已是饥肠辘辘。见锅旁有盆酸奶,试着开口问能否买一碗。图瓦族女主人立刻给我盛了一碗,果然味道甚好。女主人见我吃得香,又盛了一碗给我,却摆手表示不收钱。

一会儿女主人的儿子、她的母亲和丈夫走进屋来,好客的图瓦人像见到久别的客人那样,对我这个陌生的游客表现出本能的善良和友好。

他们穿着朴素，表情自然、随和，随你如何拍摄，他们却没有一丝反感。

图瓦族女主人在靠近路边的木屋开有一间小商店，货架上摆着香烟、方便面、水果糖等商品。不时有游客进去买东西，她很麻利地招呼、打发着游客。

我们在喀纳斯村图瓦人的木屋中吃过简单的团餐，在游人如织中奔向观鱼台。

登上观鱼台，喀纳斯湖秋色尽收眼底。喀纳斯湖位于山地森林的中部，湖面海拔1374米，湖长25公里，宽1.6至2.9公里，形状如一个豆荚，面积37.7平方千米，约为天山天池的8倍。蓝天白云下的喀纳斯湖水呈蓝绿色，湖面上成群的野鸭在嬉戏，时而有鱼跃出水面，溅起斑驳的水花和层层涟漪……

沉醉于喀纳斯仙境，尽情游玩了一天的我们，在夜幕降临时分入住贾登峪旅馆。

贾登峪的夜晚寒冷而漆黑，四周一片寂静。唯有旅馆后坡不远处的小商店和烤羊肉摊、烤鱼摊的灯闪烁着亮光。烤羊肉摊和烤鱼摊前围满游客，气氛热闹。燃烧的木炭味夹杂着肉香随着山风在山间飘荡。

抑或是刺鼻的香味被山风吹进房间，抑或是因拍摄了喀纳斯美景而兴奋的心情难以平静。午夜时分，我独自步出旅馆，径直来到小商店买回一瓶白酒和两袋花生，回到房间坐在床上，用被子裹住上身。将一瓶白酒热于茶壶，将酒倒入茶杯，就着花生自斟自饮起来。

在飘飘欲仙、朦朦胧胧的微醺中，我醉卧于喀纳斯山水之间……多姿多彩的喀纳斯画卷悠悠地潜入梦乡，让我如痴如醉、飘飘欲仙……

这正是"人间美景处处有，只此山水留醉仙"……

## 芳草园寻梦

苏州是一座历史文化名城,园林遍布古城内外。有"江南园林甲天下,苏州园林甲江南"的美称。

八月初的一个清晨,于薄雾间,我乘兴步入环秀山庄。环秀山庄是苏州园林之一,是一处以假山为主的古典园林。园林占地不大,布局合理,设计巧妙,堪称上乘之作。湖山、池水、树木、建筑融为一体。一座假山、一池水,园主别出心裁,另辟蹊径,使二者配合得体,佳境层出不穷。

随景移步，园内景致呈现于眼前：白墙黛瓦的屋檐下整齐的通风窗，廊亭小径宝瓶式的偏门，精巧的朱红雕漆窗棂与廊柱，简洁的会客厅陈设，庭院一侧黑色的隔扇窗，无不透出简洁明快之美，凸显了其艺术造诣的深厚。

留园，也是苏州古典园林之一。它始建于明代，清嘉庆三年（1798年），刘恕在原已破落的东园旧址基础上改建，以"竹色清寒，波光澄碧"命名为寒碧庄，同时因园主姓刘，所以也叫刘园。道光三年（1823年），园林开始对民众开放，成为一处著名景点。因战祸和缺乏管理，留园逐渐荒芜。同治十二年（1873年），湖北布政使盛康购得此园，花了三年时间进行大规模改修、增建，终于在光绪二年（1876年）落成，并以"刘园"的同音将其易名为"留园"。

留园为中国大型古典私家园林之一，它代表了清代园林风格。其园林建筑艺术精湛，厅堂宽敞华丽，庭院富有变化，尤以太湖石"瑞云峰"为最，有"不出城郭而获山林之趣"。建筑空间处理十分精湛，园林家运用多种艺术手法，构成了有节奏、有韵律的园林空间体系，使其成为世界闻名的建筑空间艺术范例。

从石库门入口处进入，即在廊下。由此至园中部"长留天地间"腰门一段曲廊，仅长五十多米，设计极为用心：开始狭窄昏暗，毫无张扬之势，经两折略微拓宽，令游人感觉宽松舒缓；往前，有"蟹眼天井"，植瘦竹一两株，廊中光亮柔和，游人自觉心情舒畅；再往前，廊敞开一侧是天井，天地顿显开阔，过腰门，园中景致尽展眼前，引人入胜。此廊如此构思，避开高墙间的局促，令游人行走时心情可由敛至放、由紧至舒。这种表现形式，在中部之西，更是依循山势而起伏，变换游人视角，令其得高爽轻松之愉悦。

曲溪下之廊，充分精确调动明暗、动静、虚

实、曲直等多种手段，甚而达到了过一分则虚，减一分则欠的地步。廊廊相连，园中有园，庭院深深，这正是留园设计师巧妙结合的高明之处。

耦园是苏州古典园林之一。同治年间，安徽巡抚沈秉成抱病下野，偕爱妻退隐，请当时有名的画家顾沄在涉园的基础上拓展扩建，形成了今天的耦园。因耦园在住宅的东西两侧，故取名"耦园"，且"耦"与"偶"相通，寓有夫妇归田隐居之意。

耦园布局"以楼环园，以水环楼"。东花园以黄石假山为主景；西花园则以湖石筑景，绵延而舒展。

驻足竹林，鹅卵石曲径、翠色满园，心静如水，将世间琐碎与繁杂皆抛之脑后。我不由得拿起相机和手机，沉浸其中，以留住美的瞬间……

又一个八月暑天，思绪又飞往梦中的芳草园，想象着它宛如幽兰般沉浸于自我芬芳的文雅里，想象它如主人一样孤芳自赏，保留其最鲜明的个性和最丰富的内涵……

## 河西走廊纪行

我对河西走廊一直怀有一种崇敬和敬仰：这是一块富有传奇的土地和热血浸染的大漠。半个多世纪过去了，但关于河西走廊的故事依然鲜活；还有那荡气回肠的边塞史诗，依旧回响在古战场的云霄……

那一天，我乘坐的轿车穿越乌鞘岭，驶进茫茫的戈壁，一路向西奔去。此时，身心早已放飞在河西走廊千里戈壁之中。放眼眺望，祁连山峰已白雪皑皑，秋风萧瑟下的"银武威、金张掖"

在夕阳的沐浴下，宛若身披金丝衣裙的新娘。武威古称凉州。自唐朝以来，这里就是边塞诗人饮酒赋诗的地方。因中国旅游标志物"马踏飞燕"出土于武威雷台汉墓，从而使这座古城更具魅力且闻名遐迩。张掖处在河西走廊中部，汉武帝时在此建郡，取"断匈奴之臂，张中国之掖"之意，是著名的河西四郡之一。位于312国道旁的山丹县长城保存之完好在国内实属罕见，是用泥土夯成的，是徒步行走怀古的好去处，有诗形象地形容这一段长城，说它"像一根蜿蜒的贵族腰带流落在民间，像挂在祁连山下浩浩马场上的一条遗弃的马鞭"。

这块当年血染的红色土地，在改革开放后的今天，已发生了翻天覆地的变迁，正焕发着勃勃生机。先烈若有知，也会为之欣慰和赞叹。

那一望无际的茫茫戈壁是他们万古长存的胸怀，那一丛丛灌木是他们生命生生不息的化身。

酒泉是我河西走廊之行停留时间较长的地方。车到酒泉已是下午，顾不上旅途的疲惫，放下行囊便去西汉酒泉胜迹公园游览。

因是深秋时节，公园内十分冷清。步入公园正门，不远处可看见古酒泉遗址。清澈的泉水从泉眼不断涌出，然后流入前方的湖泊中。在古酒泉的前方和天然湖泊的中间空地上，有一组大型石刻雕塑群。雕塑群画面恢宏壮观，人物栩栩如生。雕塑画面是：无数西汉将士簇拥在大获全胜旌旗下的霍将军左右，各将士手持酒杯开怀畅饮的壮观场景。驻足在雕塑群像前，思绪仿佛回到了远古战场。喊杀声、马嘶声和战鼓咚咚声不绝于耳……公园内湖泊岸边的柳树、胡杨、沙枣树形态各异，依水而生的茂密芦苇，弯着婀娜身姿倒映在湖面。它们与飘落水面的秋叶，构成了一幅水天秋色的油画。

酒泉给我最深的印象是它的绿化。尽管它是

一座戈壁城市，但它的大街两旁和环绕全城的全是林荫大道。

离别酒泉，同行的好友驾车带我去游览向往已久的嘉峪关长城。

嘉峪关城楼是明代长城的最西端。城墙之上有东、中、西三座城楼，在夕阳的照耀下，巍然耸立，蔚为壮观。城楼设计十分考究，它由内城、外城、楼阁和附属建筑组成，易守难攻，固若金汤。登上城楼已是夕阳时分，整个城楼和那段伸向陡峭山脊的悬壁长城，以及四周戈壁大漠尽情沐浴在金色的夕阳之中……站在城楼之上，极目远眺：若隐若现的古长城，连绵不断的祁连山积雪，看不见飞鸟，也没有绿草，一派空旷辽远的萧瑟。这才恍然感悟戈壁瀚海中"大漠孤烟直，长河落日圆"的瑰丽景象。

此时此刻，欣赏着千年雄关恢宏壮观的磅礴气势，面对空旷的戈壁和肃穆的祁连山，心情无比凝重和沧桑。怀想和凭吊曾在这片热血大漠上屡建奇功的霍去病等古往今来的无数英雄……

## 流金岁月


20世纪70年代我参加工作成为新疆生产建设兵团值班连的一名戍边战士,是人生的第一站。至今保存的一张穿军装、胸挎冲锋枪的黑白照片,仿佛还述说着17岁少年肩负保卫边疆的那份神圣和荣光。

然而,现实却无比真实和残酷。无论深秋披星戴月赶牛车到遥远的戈壁滩砍梭梭柴,披星戴月往返几百公里,还是在苟苟苏炎热的戈壁浇筑混凝土水管,抑或在阿尔泰山中手持钢钎打眼放炮执行采云母任务……

　　青春如诗，岁月如歌。依然难忘在苛苛苏湿地克兰河畔，那每一夜蚊虫的叮咬；依然难忘骄阳似火的戈壁，那每天的烈日烘烤；依然难忘在阿山腹地手持钢钎打炮眼，一次抡起18磅大锤200下。（阿山：即阿尔泰山。）

　　参加全团在二营七连盐碱滩挖排碱渠会战，是工作以来所遇最费力难干的活。从地面往下挖约40厘米，就会出现像混凝土一样的硬土层。铁锹挖不动，只能用十字镐一点点将嵌入硬块的鹅卵石抠出，再向四周扩大。如遇上胶泥层更麻烦，挖一锹胶泥，胶泥就会死死粘住铁锹。无奈，在渠腰上站一个人，此人再把渠底甩上渠腰铁锹的胶泥铲净甩出。

　　中午吃完两个200克馒头和一碗大白菜汤，在工地附近草滩小树林里抓紧睡一会儿。太阳落山收工，扛铁锹和十字镐往连队走，七八里地的路，却像走了个把小时，双腿像灌了铅，每迈一步都很费劲。回宿舍洗澡，手腕肿痛得连毛巾都抓不住。

在挖渠工地吃过两顿红烧肉，至今难忘。热腾腾的馒头就着香喷喷的红烧肉，吃完再用剩余的馒头将饭缸擦了又擦。感觉此后至今，再没吃过那样香醇诱人的红烧肉⋯⋯

兵团值班连的三年，是我人生磨砺、淬炼三载的春秋，那座戈壁滩上的军营，像一座高温熔炉，褪去我迈出校门时的稚嫩和幻想，将我淬炼成钢。

在中学执教，走上三尺讲台，是我人生的转折点。从连队小学教书起步，到团"五七大学"师资班培训。1977年是祖国的春天。我的青春梦想也将起锚远航。成为一名中学教师，自知肚中"墨水"不多，怕"误人子弟"。压力是动力。向老教师虚心请教，教学相长。

利用寒暑假，参加阿勒泰地区教师专业课讲座。每次进城总不忘先去新华书店，挑选文学书籍和教学参考资料。现在家中书柜上的许多书籍，大多购于那个年代。为提高自身知识水平，我毅然报考广播电视大学汉语言文学函授专业，几番寒暑的苦读与拼搏，终于取得大专文凭。

黄金有价，知识无价。曾想利用暑期到阿尔泰山淘金，或利用寒假去哈萨克族朋友家学哈语的计划，最终因取得文凭的目标而搁浅。但我没有一丝后悔，舍得用六个寒暑假淘回第一桶真金，这是我人生最大的财富。

遥想当年，在繁重的教学工作之余，我把所有精力和时间都用于攻克函授自学的高地。无论炎热酷暑、蚊虫的叮咬，还是大雪纷飞的严冬，抑或隔壁传来电视剧《霍元甲》的诱惑的声音不绝于耳，也未能挡住我刻苦攻读的脚步。

在阿山脚下，在白杨树与沙枣林交织如网的

克木齐，在星罗棋布的条田与阿克大渠旁，我把最美好的青春与热血，献给了曾经生活过的那片故土。10载校园春秋，多么值得留恋的岁月，多么令人回味的青春年华！

20世纪80年代的第六个金秋，命运之神的罗盘将我人生之舟拨向大墙警营。回想第一次穿上那身橄榄绿警服，我是那样的威武和精神。

20世纪80年代，监狱环境和条件仍十分艰苦。刚到教育科没几个月，我被分配到基层监区锻炼。每天进出简陋的办公室，天天风里雨里带服刑人员出入潮湿低矮的监舍和陈旧的车间。单调乏味的工作令人迷惘和厌倦。于是，我一度想调离单位，选择一个条件较为优越的单位，以提升自己的价值。

然而，老一辈警察感化和教育了我。他们从20世纪50年代初，就带领服刑人员建农场、修铁路、修公路，风餐露宿、艰苦创业几十年。从风华正茂到两鬓斑白，他们把青春与生命全部融入了拯救罪犯灵魂的改造中。他们在平凡的世界里，为了千万个家庭的幸福，默默奉献着自己的一切。从内心的敬佩，到思想上逐渐融入他们的行列。

道德情操在奉献中升华，思想境界在勤勉中提高。

1989年，我光荣入党。1991年被甘肃省监狱管理局评为"个别教育能手"，出席全省个别教育经验交流大会，并授予"教育改造先进工作者"称号。

1992年，我在担任中队指导员期间，因过硬的业务能力、扎实的工作基础，临时受监狱领导指派，带领本中队服刑人员考核方队进入场地，接受厅、局考核组的考核验收。其考核结果为：服刑人员队列、服刑人员行为规范、现场指挥方队、干警"四知道"等，每项考核均达标，得到省司法厅、省监狱管理局领导的当场称赞和表扬，为临夏监狱申报省级特殊学校立了一等功。

在负责监狱教育科教研室工作期间，我主动把荒废多年的监狱新闻报道工作抓起来，并且做得有声有色。

我从《甘肃监狱报》的一名读者、作者，成长为一名特约记者。从最初一篇篇不起眼的"豆腐块"散发墨香，到一篇篇新闻稿件、一幅幅摄影照片陆续见报和获奖，真实记录了我的执着与追求。

作为读者、特约记者、通讯站负责人的我，在多种角色中，以情感纠结的心情，度过了那段难忘的笔耕岁月。从年初的第一张报纸到年尾的最后一张报纸，都是我的一份牵挂。那种期盼中的等待，那种文章发表后的喜悦与兴奋，是不"爬格子"的人绝非所能体会与理解的。

家中书桌旁摆放的一大摞珍藏多年的《甘肃监狱报》合订本,见证了我在甘肃监狱报园地一段不平凡的青春岁月。翻阅它,就能寻觅到我辛勤耕耘和跋涉的足迹。

十几个春秋,我曾多次以优秀特约记者和基层监狱报负责人的身份,出席甘肃省监狱管理局一年一度的新闻宣传报道会议,接受省局领导颁发的"优秀特约记者"荣誉证书。

多少年的坚守和耕耘,我收获了一摞沉甸甸的荣誉证书,其中包括甘肃监狱报创刊20周年报庆,甘肃省监狱管理局为我颁发的荣立三等功荣誉证书。

那沉甸甸的一本本荣誉证书,记载着我对监狱新闻事业的奉献和热爱;亦见证着一名特约记者在大墙新闻园地里笔耕不辍的闪光足迹……

我深深眷恋着为之拼搏、奋斗过的激情燃烧的流金岁月。为此,我深感自豪、骄傲,无怨无悔!

# 女儿陪我境外游

## ——旅欧散记

2016年5月的一天,女儿从意大利罗马寄来一张明信片,正面是罗马斗兽场,背面是简短的书信:"爸爸,此时我正在罗马旅游,期待下次与你同游欧洲。"

2017年春节过后,女儿在巴黎制订了我俩的境外旅行计划,随后我忙着做签证准备,材料备齐交旅行社后,到北京等签证通知。次日在签证厅排队一小时,忽听到喊我的名字,到窗口坐下，依照程序录指纹、照相，交费后回去等通知。

第三天在前门小巷游玩吃饭时，签证官打来电话告知签证已批，下午1时许赶到签证中心，见到签证官，他说资料和护照拿到了，也已过签。我激动得心快要跳出来，急忙握手感谢，一颗悬了三天的心终于落地，当即告知女儿这一好消息。

2017年4月15日，我到达首都国际机场。空姐站在机舱内，面带微笑向乘客行礼并致欢迎词。顺利登机后坐在机舱里，飞机轰鸣攀升至9000多米后平稳飞行。法国空姐气质优雅，举手投足间流露着亲切。机舱内温度骤降，感觉膝关节很冷，向空姐招手比画，她似乎明白了意思，转身拿来小毯子盖在腿部，全身立刻暖和起来。两名空姐推餐车供应午餐和饮料，我拿出手机将准备好的简单英语翻译文——water（水）、

red wine（红酒）、coffee（咖啡）给她看，她笑着递过开水，之后递过一杯红葡萄酒。于葡萄酒微醺的朦胧中，办理签证和护照的焦虑统统抛至九霄云外……

飞机降落已是黄昏，从下舷梯上摆渡车到候机大厅，跟随老外"航友"快步行走于大厅，唯恐掉队惹出交流麻烦。目视人群向大厅外走去，忽然听见栅栏外有人在高喊"爸爸"，一扭头见女儿正向我招手。我喜出望外地快步走出，和女儿拥抱。她那颗悬着的心终于落地了。

从机场打车到巴黎市中心的民宿，放下行李乘优步到巴黎金蜗牛餐厅，该餐厅已有180年的历史。果然是传统老店的特色：丝绒窗帘、水晶灯和雕花金顶，一种高贵而优雅的气氛弥漫开来。我们点了餐厅主打蒜香、咖喱、奶酪三种口味的蜗牛拼盘和红酒，现烤的蜗牛味道鲜美无比，父女俩即兴举杯庆贺在浪漫之都相聚……

次日参观卢浮宫博物馆。卢浮宫是法国巴黎塞纳河北岸的著名艺术殿堂，是浪漫之都巴黎的象征。入口处的玻璃"金字塔"是美籍华裔建筑师贝聿铭的现代杰作，排队等待约两小时后进入展厅，我们径直走到"胜利女神石雕"前，这是一座无头无手的雕像，是雕塑家为纪念希腊罗德岛的一场胜利海战而制作的。胜利女神迎风前倾身躯，身披长袍，身躯健壮富有质感。虽然失去了头部和双臂，但在人们眼中她仍是完整的。每天，她都受到成千上万人的瞻仰。不论从哪个角度观赏，都能感受到她展翅欲飞的雄姿。她略向前倾的上身健壮丰腴、优美的身躯，高高飞扬的硕大羽翼，体现了胜利女神的雄姿和凯旋的激情；向后飘扬的衣角、展开的双翅构成的流畅线条，腿和双翼构成的钝角三角形，更凸显了她前进的姿势。

"断臂维纳斯"创作于公元前 2 世纪。她是希腊的美神，不知倾倒了多少崇拜者，她的周围每天挤满了观众。她半裸身躯，面容俊美、端庄，神态娴静、凝重，体形修长，左腿微曲，衣衫滑落至髋部，右臂残缺，仍表现出女性特有的曲线美，她是人类追求女性美的理想化标志。

《蒙娜丽莎》是达·芬奇绘画作品中最为杰出、最受人瞩目的不朽杰作。《蒙娜丽莎》陈列于卢浮宫二楼中间的大厅中，镶嵌在墙壁内，并受到特别保护。玻璃罩透出的柔和灯光可使观众看清画面的各个细节。画中人物坐姿优雅，笑容微妙。她的微笑被美术界称为"神秘的微笑"。观看人流前拥后挤、水泄不通，都想争着靠前看得更清楚、拍照更清晰。参观卢浮宫是穿越历史与艺术的旅程，艺术能给人们带来美的享受和身心的愉悦……

我们居住的民宿距离塞纳河、埃菲尔铁塔很

近，约10分钟可走近它们。塞纳河是巴黎的母亲河，也是法国文化的象征之一。河水清澈见底，两岸风光旖旎。从埃菲尔铁塔到卢浮宫，每个角落都散发着魅力。

巴黎起源于塞纳河，城市主要建筑大都集中在塞纳河沿岸。塞纳河两岸风光秀丽，楼房鳞次栉比，大多数建筑已经历百年风雨。名胜古迹密布于塞纳河两岸，著名文物建筑有巴黎圣母院、卢浮宫、奥赛博物馆、爱丽舍宫、埃菲尔铁塔和凯旋门等。1991年，联合国教科文组织将巴黎塞纳河沿岸区域列为世界文化遗产。

艺术桥是塞纳河上一座人行桥，亦是巴黎唯一的步行金属木桥。行于艺术桥，可近距离观赏塞纳河风光，游客与市民络绎不绝。行于桥上，有艺人当场作画和演奏乐器。我在作画现场驻足，挑选了自己喜爱的两幅油画，收藏并留作永久纪念。

走下艺术桥，漫步塞纳河畔，仿佛置身于一幅美丽的画卷中。河水荡漾，微风拂面，于瞬间忘却了世间烦恼，时间仿佛凝固，充满诗意和梦幻。

塞纳河在埃菲尔铁塔脚下，静静地流淌着，就像一条碧绿的绸带环绕着巴黎。

沐浴着河面微风，仿佛走进历史的画卷。漫步于这里，内心有许多灵感被激发，想写一首诗，抑或一篇游记，以抒发内心的情感和波澜……

在塞纳河畔，每个人都可以找到属于自己的浪漫与激情。看着塞纳河水悠悠地流淌，我想起女儿初到巴黎的陌生感，想起她思念双亲的煎熬，想起她与塞纳河为伴，向着她渴望的奋斗目标激流勇进的往日时光……

那天我穿西装、打领带，和女儿来到香榭丽舍大街的小凡尔赛米其林二星餐厅。我们端坐于铺着白色桌布圆桌旁，穿着整洁的服务生笔挺地立于桌侧，一会儿双手倒红酒，一会儿接过托盘上的西餐，而后轻置于餐桌之上。我们沉浸在19世纪波尔多城堡的风格中，在豪华的吊灯、洁净的地毯、陈设典雅、富丽堂皇的祥和氛围里，品尝着一道道高档西餐佳肴，亲身体验了卢森堡王子绅士般用餐的风范。女儿借了女友的定焦相机，拍下了我们许多珍贵难忘的照片。

行于香榭丽舍大街，参观巴黎歌剧院、巴黎圣母院、凯旋门，于和煦阳光下的临街咖啡屋放松心情，喝咖啡、吃法棍面包，观赏街景，享受法国人的慢节奏生活。

2024年7月26日，第三十三届夏季奥林匹克运动会开幕式将在塞纳河上拉开帷幕。届时，全世界的目光将聚焦塞纳河，浪漫之都——巴黎将迎来辉煌灿烂的高光时刻……

2017年4月22日乘坐意大利的航班，抵达罗马机场后去民宿安顿下来。次日上午在罗马街区游玩、逛商场，在许愿池拍照留影，我拿出几枚欧元硬币默念着从头顶抛向背后的水池。

买好"斗兽场"门票时已到午餐时间，女儿买来意大利比萨饼、意大利海鲜面和鸡蛋面，还有一瓶气泡水。温情的女儿瞬间抓拍了我用餐的场景，让我忍俊不禁。

下午四时许，各种肤色的人耐心地排队进入安检门。此时，罗马斗兽场的全景映入眼帘。罗马斗兽场一共四层，每一层的建筑风格不同：一层是皇帝贵族专用席，二层是罗马市民席，三、四层是罗马地位低下者买站票之席。古罗马斗兽场建于公元72年至80年间，相当于我国东汉明帝时期，可容纳观众约5万人。古罗马斗兽场，也称为罗马竞技场，是古罗马时期最大的圆形角斗场。它位于意大利首都罗马市内台伯河东岸，其占地面积约2万平方米，斗兽场的围墙高度为

48米，中央的"表演区"长度为86米。斗兽场的观众席大约有60排座位，逐排升高分为五个区域以适应不同等级的观众。这个建筑不仅是古罗马文明的象征，而且对现代体育场馆的设计也有深远的影响。每年的游客数量非常庞大，它是罗马主要的观光景点之一，吸引了世界各地的游客前来参观。现在的古罗马斗兽场遗址终年游人如织，来自全世界的游客纷至沓来。

　　古老的街区，阳光洒在古老的建筑上，让这座城市仿佛披上了一层金色的外衣。那些赭石色、橙色的屋顶，在细碎的阳光下，安静地呈现其古朴与美丽。街上行人很多，但却不显得拥挤，或许是古建筑的氛围吧。

　　游意大利国中之国梵蒂冈，圣彼得广场蓝天似宝石，白云如棉絮。圣彼得大教堂高高耸立，熠熠生辉。穿过圣彼得广场，在街区小摊休息，在网红店吃午餐披萨薄饼、意大利海鲜面和鸡蛋面。

西班牙巴塞罗那之行，是我们旅程的终点。抵达巴塞罗那次日，参观高迪最具代表性的建筑——圣家大教堂，圣家大教堂已有140多年的修建史，至今尚未完工。建筑大气磅礴，恢宏典雅。当日还参观了高迪艺术巅峰之作——米拉之家，该建筑是高迪的惊世之作，亦是一个多世纪以来人类建筑史上绝无仅有的杰出之作。相比圣家大教堂，米拉之家是小品。阳光透过彩绘玻璃，洒下斑驳陆离的光影，让你仿佛置身于梦幻的童话世界。漫步其中，被匠心独运的设计所震撼。每一处细节都透露出建筑师对美的执着追求。

随后从兰布拉大道一直走到海边，静坐在海边沙滩，让海风轻拂其面，享受西班牙的阳光。于兰布拉大道旁市场品尝海鲜、喝鲜榨果汁……

女儿乘飞机返回巴黎，我乘高铁沿地中海海

岸线，一路观赏西班牙沿海地貌风光：那飞逝而过的现代化奶牛养殖场，那高低错落的丘陵之上一望无垠的葡萄种植园，海滨与田野相连，田野紧邻海水的田园风光，让我目不暇接，心情无比舒畅和激动。

高铁在风驰电掣地飞奔，我的脑海快速闪过阳光、沙滩、美食、葡萄酒的一幅幅画面，我的思绪沉醉于异国风情的回忆中，一股幸福的暖流久久萦绕心头，那是女儿对父亲的至诚之爱……

再见了，难忘的欧洲之旅！

## 后　记

　　九载光阴，如白驹过隙，转瞬即逝。自第一本散文集出版至今，我仿佛经历了一场漫长的文学之旅。在此路上，我怀揣对文学的热爱与执着，笔耕不辍，终于将心中那份对阿勒泰的深情化作文字，凝结成《克兰河之歌》。

　　回首过去，我曾在繁忙的工作之余，偷偷拾起文学梦。每当夜深人静、万籁俱寂之时，我便打开电脑，让思绪在键盘上跳跃。那些关于阿勒泰的点点滴滴，那些关于青春与梦想的回忆，如泉水般涌出，汇聚成一篇篇令自己感动的篇章。

在子夜的寂静中，我仿佛听到了克兰河的潺潺流水声，感受到了那片土地的厚重与深邃。我知道，这片土地不仅滋养了我的身体，更滋养了我的灵魂。因此，我将这份感恩之情化作文字，希望通过我的笔触，让更多的人了解阿勒泰，感受这片土地的魅力。央视热播剧《我的阿勒泰》如同一股清泉，悄然流入人们的心田。它以细腻的笔触描绘了阿勒泰的美丽与神秘，让我仿佛又回到了那个充满生机与活力的地方。每当剧中响起那熟悉的旋律，我心中总会涌起一股莫名的激动。

那条蜿蜒曲折的克兰河，见证了我在阿勒泰度过的青春岁月，见证了我的军垦父辈剿匪、垦荒、艰苦创业的历程，亦见证了我把青春奉献于新疆生产建设兵团，以及我对那片故土的深深眷恋。

# 后 记

每当想起那些日子,心中总会涌起一股暖流,让我感到无比的温暖与幸福……

《克兰河之歌》是我对阿勒泰这片土地的深情告白。它以纪念新疆解放之初的"阿山第一团"为主题,讲述了这支先遣部队在阿勒泰的英勇事迹和屯垦戍边的感人故事。

"阿山第一团"的历史,是兵团发展史的缩影,也是屯垦戍边精神的典范。他们用自己的热血和汗水,为阿勒泰的繁荣稳定奠定了坚实的基础。每当我想起这些英雄,心中总会涌起一股敬意和自豪感。

在克兰河畔度过的青春岁月,是我人生中最美好的时光。那时的我,充满了激情和梦想,为了理想而努力奋斗。虽然生活条件艰苦,但我们的内心却充满了欢乐和满足。在那些日子里,我见证了阿勒泰的变迁和发展。我看到了荒原上崛起的新城,看到了战友们脸上的笑容和泪水。我知道，这一切都是值得的，为了这片土地我们付出了青春与汗水。这里的山水、风土人情、历史文化都深深地影响了我，让我形成了独特的思想观念和情感表达。在这片土地上，我学会了坚韧不拔、无私奉献的精神。这种精神不仅激励着我不断前行，也让我更加珍惜眼前的幸福生活。同时，阿勒泰的文化底蕴也丰富了我的内心世界，让我更加热爱这片土地和这里的人们。

在《克兰河之歌》的创作过程中，我得到了很多人的帮助和支持。感谢河南洛阳同行警花杨会娟为文集撰写序言，感谢《甘肃监狱报》原总编张民学、威海市衣建华文友对部分文稿的校对，感谢山西临汾市尧都区作协李晓玲主席的鼎力支持与帮助。正是有了他们的支持和鼓励，我才能顺利完成这部作品。

我期盼《克兰河之歌》散文集早日出版。这本书不仅是我个人的心血结晶，更是对新疆生产

## 后　记

建设兵团成立 70 周年的献礼之作。我希望通过这本书，让更多的人了解阿勒泰的历史和文化，去感受这片土地的独特魅力。